渋沢栄一　人間の礎

童門冬二

集英社文庫

渋沢栄一　人間の礎　目次

渋沢栄一　人間の礎《いしずえ》

攘夷派からの大旋回

平岡円四郎との出会い

出会いは、人間の運命を変える。渋沢栄一《しぶさわえいいち》が、もし平岡円四郎《ひらおかえんしろう》という人物に出会わなかったら、かれの将来は一体どういうことになっていただろうか（渋沢栄一は若い頃、市三郎、栄治郎、栄一郎と名を改めているが、この本ではすべて栄一で通すこととする）。

平岡円四郎に会ったことによって、渋沢栄一は二つの変革をした。一つは思想的な変革であり、もう一つは、自己の能力の認識である。円四郎は、栄一を、それまでの過激な尊王《そんのう》攘夷《じょうい》青年から、進取開国の思想家に変えた。同時に、栄一自身がそれまでまったく気がつかなかった、あるいは気がついていても、

「この才能を駆使して生きていこう」

とは思わなかった〝理財〟に関する能力を掘り起こした。栄一は、武蔵国《むさしのくに》（埼玉県）

の豪農の息子だったから、もちろん経営についてまったく認識がなかったわけではない。子供の頃は、祖父について藍の買い出しにも出かけている。その時、かれはかなりの商才を示した。

栄一が会った時の平岡は、京都にいて、禁裏守衛総督《きんりしゅえいそうとく》をつとめていた一橋慶喜《ひとつばしよしのぶ》の用人《ようにん》だった。平岡はもともとは一橋家の人間ではない。れっきとした幕臣だ。父は花亭《かてい》という画号で有名な岡本忠次郎である。近江守《おうみのかみ》に任官し、勘定奉行《かんじようぶぎよう》もつとめた。しかし、岡本忠次郎は銭勘定よりも、むしろ外交文書の作成で能力を示した。とくに、対朝鮮関係の文書の作成や、あるいは朝鮮から来た使者との対応には、名外交官ぶりを示した。かれと仲のよかった川路聖謨《かわじとしあきら》もそうだが、幕府では勘定奉行の職にある者が、外交関係を扱う慣わしがあった。

が、若い頃の岡本忠次郎は、決して目立つ存在ではなかった。勘定奉行所に籍を置いていたが、ヒラの頃はあまり勤務状態はよくなかった。朝遅く来て、夕方は早く帰ってしまう。また職場に出ても、雑談ばかりしていてろくな仕事もしない。よく煙草《たばこ》を吸っていたという。

ある時、たまたま、朝鮮から使いが来ることになって、こちらでも応援の文書を書かなければならなくなった。が、奉行の柳生久通《やぎゆうひさみち》は、なかなかやかましい人物で、担当がいくら書いて持っていっても草案が気に入らない。上役の安田伝次郎はついに癇癪《かんしやく》を起こした。

　そこで、毎日ブラブラして雑談ばかりしている廊下トンビの忠次郎に目をつけた。

「おい岡本、おまえが朝鮮へ出す文書を書いてみろ」と命じた。岡本忠次郎は、

「別にいい考えはありませんが、そうおっしゃるのなら書いてみましょう」

と応じた。しかし岡本は、書き上げた文書をすぐ提出しなかった。上役の安田に向かって、

「すみませんが、いま書いた文書をそこで読んでください」

といった。安田は読みはじめた。じっと聞いていた岡本は、安田が読みおえるともう一度草稿を手に戻し、かなり修正を加えた。そして、

「これをお奉行にお渡しください」

と再び安田に渡した。安田が奉行のところに持っていくと、奉行の柳生はひどく気に入って、

「一体、誰が書いたのだ？」

と聞いた。

「岡本です」

というと、奉行はあきれて安田の顔を見返した。あの怠け者の岡本にこんな才能があるとは思わなかったからである。

岡本忠次郎の存在はにわかに脚光を浴びた。やがて、岡本は近江守になり、また勘定奉行に栄進したが、決して威張るところはなかった。文化人として、かなりいろいろな人物とつきあっている。嘉永《かえい》三年（一八五〇）八月二十七日に、岡本は八十三歳の高齢で死んだ。

平岡円四郎は、この岡本忠次郎の四男だ。はじめは、学問所の幹部だった。ところが、ある時、

「武術を修業したい」

といって、学問所から退いた。

かねてからこの円四郎に目をつけていたのが川路聖謨だ。たまたま川路は知人の藤田《ふじた》東湖《とうこ》から、

「今度、藩公のご子息慶喜様が、一橋家の養子になった。誰かいい補助者がいないかとおっしゃるのだが、あなたはお顔が広い。どなたかいい人を推薦していただけないか?」

といわれた。川路はたちどころに平岡円四郎を推薦した。平岡はこうして一橋慶喜の家臣になったのである。

一橋慶喜は、のちに徳川最後の将軍になるが、背後にブレーンが三人いた。平岡円四郎、黒川嘉兵衛《くろかわかへえ》、そして原市之進《はらいちのしん》である。この三人のブレーンのうち二人が暗殺されて

いる。平岡が殺されると黒川がその後を追い、黒川が失脚すると原市之進がその後を継いだ。

三人のブレーンがいろいろと知恵をつけていた間の一橋慶喜は、日本のトップ層としてそれなりに政治を主導したが、ブレーンたちが倒れてしまうと生彩を失う。自分の考えで行動したことは、ほとんどが裏目に出た。そしてついに幕府をつぶしてしまう。もし、平岡や黒川や原が揃《そろ》っていたら、徳川幕府はもっと違った形で存続したかも知れない。

しかし、それにしても当時過激な尊王攘夷青年であった栄一が、なぜ、平岡と遭遇したのだろうか。

栄一が円四郎に出会ったのは、二十三歳の頃だ。文久《ぶんきゅう》三年（一八六三）十一月のことで、この頃栄一は自分なりに、

（幕府から追われている）

と思い込んでいた。それだけでなく同行者がいた。従兄弟《いとこ》の渋沢喜作《しぶさわきさく》だ。栄一や喜作は、これもまた従兄弟の尾高惇忠《おだかじゅんちゅう》という地元の学者に、子供の頃から学問を習い、かなり影響を受けていた。

尾高惇忠は、激しい尊王攘夷論者であった。その弟に尾高長七郎《おだかちょうしちろう》というのがいて、この長七郎がしばしば江戸へ行ったり京都へ行ったりして、時世の動きをつぶさに伝え

る。とくに、安政《あんせい》七年（一八六〇）三月三日の、水戸《みと》浪士と薩摩《さつま》浪士による大老《たいろう》井伊直弼《いいなおすけ》の暗殺事件を、まるで見てきたように話すので、栄一たちの若い血は躍った。

「俺たちも、何かしでかさなければ、生まれた甲斐《かい》がない」

と息巻いた。結局、

「横浜の居留地を襲って、異人どもを斬り殺そう」

と決議した。

「しかしその前に、高崎《たかさき》城を乗っ取って、ここで気勢を上げ、多くの同志を集めようではないか」

ということになった。ところが、この企てを実行する前に、尾高長七郎から栄一のところに手紙が来た。

「自分は故郷に戻る途中で、ふとしたことから飛脚を殺してしまい、幕吏に逮捕された。現在は牢《ろう》の中にいる」

と書いてあった。栄一たちは青くなった。というのは、手紙に、

「具合の悪いことに、おまえからもらった手紙をそのまま持っていたので、幕府の役人に見られてしまった」

と書いてあったからだ。栄一たちは、まだ自由だった長七郎が江戸で活躍している時に、手紙を出していた。それには、

「幕府は、外交上失策ばかり行なっているから、間もなくつぶれる。これからの政局は京都でまわる。一緒に京都へ行こう」

と書いてあった。この頃、幕府は、一般人が政治について批判したり、論評することを極度に嫌がった。井伊大老の安政《あんせい》の大獄《たいごく》があれほど厳しかったのは、井伊から見て、無責任な連中がいいたい放題、幕政を批判したからである。栄一は農民だったから、睨《にら》まれたら絶対に助からない。そこで、喜作と相談して、

「故郷にいると、親をはじめ地域の人々に迷惑をかける。京都へ行こう」

と決めた。京都は、栄一が手紙に書いたように、いま政治の渦の中心になっているから、諸国の人々が入り込んでいる。ドサクサの中に入り込んでしまえば、あるいは逃れられるかも知れないと思ったのだ。

この時、栄一は父親から百両の金をもらっていた。父は美雅《よしまさ》といった。晩香という号を持つ雅人だった。しかし、美雅はもともと渋沢本家の出ではなく、分家の出身だった。養子に来て本家を継いだ。したがって、そういう遠慮もあってかなり几帳面《きちょうめん》に仕事をした。金銭の扱いについても、決してないがしろにしなかった。息子から話を聞いて、美雅は内心、

(困ったことだ)

とは思ったが、承知した。そして、

「しかし、世間体がある。表面は、おまえを勘当したことにするが、いいか？」

と聞いた。栄一はこれを承知した。もともと栄一には、家を継いで農業や商業に精を出す気はまったくない。憂国の志士気取りで、国家の役に立ちたいという気持ちで一杯だ。いまは、とにかく金を得ることの方が先決なので、手続き上の勘当など何とも思わなかった。

しかし、栄一からはまだお坊ちゃん気分が抜けていなかった。百両の金をもらうと早速気が大きくなって、まっすぐ京都へ行かずに江戸へ行き、吉原《よしわら》で豪遊をした。京都に行っても、結構大きな宿屋に泊り込み、京都の花街で遊び暮らしている。たちまち、父からもらった金は底をついてしまうが、そういう状況になっても栄一たちは別に苦にした様子はない。この辺は、金持ちの家に生まれた息子に共通する気持ちの持ち方だ。ちっとやそっとのことではへこたれないようなものを持っている。

江戸の牢に放り込まれた尾高長七郎からの手紙を受け取って、二人は青くなった。

「いつ、自分たちにも幕府役人の手がまわるか」

と、そんなことばかり心配した。

京都に着いて、そういう不安な思いを花街でドンチャン騒ぎをすることによって忘れようとつとめていたある日、一通の手紙が宿に届けられた。差出人は平岡円四郎である。こっちから訪ねようと思っていた矢先に、向こうから先に手紙が来た。何だろうと思って、二人は揃って翌日、一橋の陣屋に平岡を訪ねた。平岡の部屋にはすぐに通された。

平岡は二人を待っていた。二人の顔を見ると、すぐに聞いた。

「今日は大事な話があっておまえたちに来てもらった。単刀直入に尋ねるから、おまえたちも隠さずに答えてもらいたい」

「はい」

嫌な予感がしたが、栄一と喜作は顔を見あわせてすぐうなずいた。

「君たちは、江戸で何か企てたことはないか？」

「はっ？」

二人の顔色が変わった。円四郎は鋭い視線でそういう二人をじっと見つめていた。

「別に、思い当たりませんが」

栄一は曖昧に答えた。睨むように栄一を見る円四郎は、首を横に振った。

「そんなはずはない。もし何も企てていないのなら、江戸の幕府から、当一橋家に照会が来るはずがない。君たちには江戸にいた時から、一橋家の家来にならないかと何度か話をしたこともあって、まんざら知らぬ仲ではない。また、江戸から京都へ来る旅では、私の家臣だということにしてきたそうではないか。そのことを咎《とが》めるわけではない。それよりも、本当のことを話してほしい」

栄一と喜作にも、円四郎がすでに何か知っていて、しかしそのことを咎めようというのではなく、二人のために庇《かば》い立てをしようと考えているのだということがよくわかった。栄一は、喜作の顔を見てうなずくと、急に素直になってこう答えた。

「そうおっしゃられますと、思い当たることがございます。私たちの親友といってもいいような者が三人、江戸の牢につながれました」

「その三人は、どういう筋の友達だ？」

「私どもは、尊王攘夷の志を持つ者でございます。その三人も、志を共にして、攘夷を実行しようと活動してきた者であります」

「尊王攘夷を唱える若者は、君たちに限らずいまの日本にはゴマンといる。そんなことが理由ではあるまい」

「確かに、尊王攘夷論を唱えたから牢につながれたのではなく、人を殺したという手紙を受け取りました。その時、私がその者に出した手紙が、そのまま幕吏の手に渡ったと聞いております」

「君の手紙にはどんなことが書いてあったのだ？」

「多少、幕府を批判しております。目下の国難に対して、幕府は的確な対応ができません。こんなものは早く滅ぼさなければ、日本国はいよいよ衰微するに違いない、というような意味あいのことを書いて渡しました。幕吏の手に渡れば、おそらくわれわれにも追手が向かうかと思われます」

「その程度のことなら、いまどきの幕府は大して気にはしない。もっと他に理由があるだろう。たとえば、人を殺したとか、他人の物を盗んだとか……」

「平岡様！」

栄一はカッとなって円四郎を睨み返した。

「はばかりながら、私もこの喜作も、武蔵国では一応財のある家に生まれております。京都に参る時も父から百両の旅費をもらって参りました。かりそめにも、人をあやめたり、まして他人の物を盗むなどということは一切致しません。私どもが殺したいと思っているのは、あくまでも外国人であります。しかし、それもまだ機会がありません」

「本当にそうなのだな？」

「間違いございません」

「わかった」

円四郎はホッとしたように肩から力を抜いた。そしてニッコリ笑った。栄一と喜作の顔を代わる代わる見ながら、

「安心したよ。一時は、何か馬鹿なことをしでかしたのではないかと心配していたのだ。いや、よかった」

嘘《うそ》ではない色を平岡は見せた。そして聞いた。

「しかし、これからどうするつもりだ？」

「それで弱っております。思案も尽き果てました。毎日、京の花街をうろついてはおりますが、正直に申せば不安で不安でたまらず、どうしてもじっとしていられません」

「そうだろう。よくわかる」

平岡は苦笑した。やがて平岡は真顔になってこういうことをいい出した。

「二人とも、どうだ？　一橋家に仕えないか？」

「はっ？」

「尊王攘夷家である君たちに、一橋家の家臣になれといえば、当然、それは志を変じ、節《せつ》を屈することだと反対するに違いない。しかし、一橋家というのは変わった家で、普通の大名家ではない。徳川家からの賄料《まかないりょう》によって生きている家だ。また、主立《おもだ》った役人も、ほとんどが幕府から来ている。この俺もれっきとした幕臣だ。また、ご当主の慶喜様も、かたくなお方ではなく、いろいろな考えの人間を側《そば》に置いて、こもごもの意見をお取り上げになる、胸の広く深いお方だ。目指しておられるのも、あくまでも日本国を頭に置いておられる。君たちが幕府に対していい感じを持っていないこともよくわかるし、それはご当主の慶喜様も同じだ。どうだ？　いささか志の立て方は違っても、賢君に仕えることによって、君たちの志の一端でも生きるような気がするが、考えてみてくれ」

「…………」

話の途中から、喜作はしきりに栄一の袖を引っ張った。目でしきりに合図する。

(平岡さんのいうことなど聞いたら駄目だ。この人はわれわれを騙《だま》そうとしている)

若者らしい一途《いちず》さをはっきり色に出した。しかし、不思議なことに栄一は喜作とは受け止め方が違っていた。途中から、円四郎のいうことにも一理あると思いはじめていたのだ。しかし、ここですぐ承知したのでは、沽券《こけん》にかかわる。そこで栄一はいった。

「平岡様が、われわれのような若輩にそこまでお心遣いをしてくださって、何ともありがたい次第でございます。しかし、いまのお話は私どもの一身上のことでもございますので、宿に戻って、よく相談してから答えさせていただきたいと思います」

「もっともだ。よく相談してくれ。そしてできれば私の言葉に従って一橋家の家臣になってもらえれば、また新しい風がこの家に吹き込む。慶喜様もさぞかしお喜びになるだろう」

この辺が円四郎の老獪《ろうかい》なところだ。決して、自分がとはいわない。あくまで、一橋慶喜という主人の名前を出して、二人の説得工作を行なった。

攘夷派から一転して開国派へ

宿に戻ると、二人は無言だった。互いの顔を見ない。顔を見ると、互いの考えがすぐ読み取れるからだ。実をいえば、喜作も考えが変わりつつあった。

京都へ入ってからは、確かに花街を遊び歩いていたが、決して酒や女にうつつを抜かしていたわけではない。ここに出入りする志士や、あるいは大名家の家臣たちは、酒席で情報を交換した。いま京都にいる大名家の家臣たちの目的は、京都で得た情報を急いで国許《くにもと》にもたらし、藩の方向を誤らせないための方略を得ることにあった。そのために、藩から多額の金を出してもらって、酒と女の町に沈湎《ちんめん》していたのである。遊びだけが目的ではない。

その意味では、京都の花街には日本中の情報が集まっていた。そして、京都の町をうろつき歩いて得た情報によれば、世の中はすでに攘夷論ではまわっていないということだった。

依然として、攘夷論を唱える志士はたくさんいたが、それには二通りあった。一つは、あくまでも攘夷論の正しさを信じて、何が何でも外国は打ち払わなければ駄目だという考えだ。もう一つはそうではない。もたらされる情報によれば、日本に迫る列強の軍事力は強大で、到底いまの軍事力で太刀《たち》打ちできない。が、太刀打ちできない相手を打ち払えということは、それでなくても窮況に追いつめられつつある幕府をさらに追いつめることになる。すでに出はじめている倒幕論者たちには恰好《かっこう》の機会だ。幕府に、

「外国を打ち払え」

と迫ることによって、無能な幕府がいよいよ無能ぶりを発揮することになる。そうなれば、

「あんな無力な幕府などない方がいい。それよりも、新しいパワーで新しい政権を樹立すべきだ」

ということになる。倒幕論者たちが幕府を追いつめる口実に使っているのだ。

こういう実態を知ってくると、いままで純粋に攘夷論を信じて、活動に邁進《まいしん》してきた栄一たちのような若者は、懐疑心を持ってしまう。

（攘夷論というのは思想ではないのか？　単に幕府を追いつめるだけの政略にすぎないのか？）

そういう考えになる。そうなると、何か攘夷論そのものが汚れた気がして、潔癖な栄一たちには動機が不純なようなものに思えてくる。そういう混沌《こんとん》とした迷いが、すでに二人に生じていた。

もう一つは、「個人と組織」の力の差だ。志士にも二通りあって、大名家に籍を置きながら志士活動を続けている人間と、そうではなく、まったくたった一人でそういう活動を続けている者がいる。しかし、前者には交際費をはじめとして、所属している組織から十分な活動資金が得られる。

ところが、一匹狼《いっぴきおおかみ》で活動している志士たちには金がない。長州藩や薩摩藩は、ひそ

かにこういう一匹狼の志士たちに資金を提供しているらしいが、そうなるとヒモつきになってしまう。後援してくれる藩の意向によって、志士活動が狭められることになる。その点、栄一や喜作たちは、惇忠の教えを信じて、いままで純粋に個人志士としての活動を保ってきた。純粋な志士と志士が、グループをつくって行動してきたのだ。しかし、そういう力は次第に抑えつけられ、藩という組織がどんどん前に出てきている実態を、二人は否応《いやおう》なく京都で見せつけられた。その意味では、円四郎がいった、

「一橋家の家臣になって、志の一端を遂げるのも一つの方法ではないか」

という話がよくわかる。栄一は自分の考えを、分析を加えつつ懇々と喜作に話した。喜作は、目の底に悲しい色を漂わせながら、必死に首を振った。

「駄目だ、そんな弱気では。いままで幕府をつぶすということが俺たちの目標だった。何だかだといっても、一橋家は幕府の大元である徳川家の分家だ。そんな家の家臣になったら、みんなに笑われる。金が尽きたものだから、ついに暮らしのためにかれらは志を変じ、節を屈したといわれる。あくまでも、攘夷を貫こう」

「しかし、志だけで世の中が動かないことは、江戸や京都の実態を見てよくわかったはずだ。志ばかりいかに高くても、方法論を持っていなければ、結局は高山彦九郎《たかやまひこくろう》や蒲生《がもう》君平《くんぺい》になってしまう。つまり眼高手低になってしまう。確かに、それは清く潔いという評判は得られるかも知れないが、肝心の志の実現には結びつかない。もっと現実を直視

すべきだ。こんなことを続けていれば、いまに金もなくなる。親からは勘当されている身だ。やがては悪事に手を染め、幕吏に追いまわされるようにもなるだろう。平岡さんがいった、人を殺したり人の物を盗んだりするようになるかも知れない。そんなことはまっぴらだ。あるいは、志士の世話をしてくれる薩摩藩や長州藩の助けを求めるべきかも知れない。が、そうなっては運動にヒモがついて、純粋なものではなくなる。またそれだけの親友知己《ちき》は薩摩にも長州にもいない。おまえのいうこともよくわかるが、ここは一応、志を変じ節を屈したといわれても、一橋家に入って、平岡さんのいったことが本当かどうか試してみるのも一興ではないか。平岡さんの言葉が嘘で、一橋慶喜公にそれだけの器量がないとわかれば、すぐ辞任すればいいではないか」

「いや、駄目だ。江戸へ帰ろう。そして、長七郎さんたち同志を牢から救い出そう」

「馬鹿なことをいうな。そんなことができるくらいなら、とっくに実行している。そのことは俺も考えたのだ。一橋家に入って、一橋家の権威と組織を活用すれば、あるいはかれら三人を救い出す手立てが発見できるかも知れないではないか。どうだ？　平岡さんの言葉に従おう」

「うーん」

喜作は唸《うな》った。喜作の心は二重構造になっていて、底の方はすでに妥協していた。かれもまた栄一がいうように、京都で飛び交う情報や、あるいは各藩から来ている人間、さらに一匹狼の志士たちの動きを見ていて、栄一が口にした高山彦九郎や蒲生君平のようなタイプの志士では、到底志が実現できないことを知っていた。やはり、現実は厳しい。ただ志の高さを誇っても、結局は挫折せざるを得ない。純粋であればあるほど、折れ方も早い。

「仕方がないか」

喜作も渋々うなずいた。栄一はいった。

「だからといって、われわれは全面的に平岡さんの言葉に従うわけではない。やはり、われわれはわれわれなりの筋を通して、一橋家へ赴こうではないか」

「どういうことだ？」

「われわれの方から辞を低くして、一橋家に仕官を頼むわけではない。向こうから頼ませるのだ」

「というと？」

栄一のいうことがまだよく呑《の》み込めない喜作は、眉を寄せた。栄一はいった。

「慶喜公の方から、直接われわれに、家臣になって、志のほどや国事に関する意見を聞きたい、と頼ませるのだ」

「ふーん」

喜作はあきれて栄一を見返した。二人とも農民の出身である。その農民に、徳川家の

連枝である一橋慶喜に、

「どうか家来になってくれ」

と頼ませようというのである。

いってみれば〝買い手市場〟である一橋家を、〝売り手市場〟に逆転させようということだ。もともと農民の子である栄一たちを、平岡が相手にしてくれたのは、平岡のずっと信じている、

「いまの世では、武士にならなければ何もできない」

ということの実践だ。目をかけている栄一たちにいくら能力があるといっても、士農工商の身分制下では、何もできない。そこで、平岡が口をきいたのは、あくまでも栄一たちに対する好意だ。

しかし、栄一たちはそれを素直に受けようとはしなかった。他の人間なら、よだれを流して飛びついていく話だ。それをグッとこらえて、買い手市場を売り手市場にしようというのは、

「たとえ農民の子であっても、自分の安売りはしない」

という信念を貫こうということだった。それだけ栄一たちは自分たちを高く評価していたのである。が、果たしてこれが通用するかどうかはわからない。そんなことをいえば、一時的に自分たちの窓口になってくれている平岡が、まず怒り出すかも知れない。

「いい加減にしろ。甘ったれるのもほどほどにしてもらいたい」

とどなり出すかも知れない。が、一発勝負だ。賭けの精神は、栄一が子供の時から遺憾なく発揮してきた。とくに、祖父に連れられて関東地方で藍の買い歩きをした時も、この一発勝負精神を発揮した。したがって、栄一は度胸がいい。

翌日、二人はまた平岡を訪ねた。

「どうした？　決心がついたか？」

平岡円四郎は温かく迎えた。栄一はうなずき、こういった。

「宿に戻りまして、二人でよく相談を致しました。平岡様の温かいお言葉をお受けしたいと存じます。しかし、条件があります」

「条件？」

幕吏に追われている二人を救い出すための就職だ。涙を流してありがたがってもいいはずなのに、条件とは一体何事だ、というように平岡の眉がグイと上がった。しかし、栄一は恐れずに続けた。

「昨日のお話では、ご当家のご主人一橋慶喜様は、禁裏守衛総督としてかしこくも帝《みかど》と、帝のいらっしゃるこの京都の治安の任に当たっておられます。しかし、帝のお心を安んずるために、諸国の有能の士を召しかかえて、人材登用の道をはかろうとなさっているという風に承りました。ついては、一橋様のお役に立つような意見を、われわれも多少持っております。これを意見書として提出致します。何とぞ、慶喜様にお目にかけていただき、もし意見書がお気に召すならば、たとえ槍持《やりも》ちでも草履取りでも構いません。どうかわれわれをお召しかかえいただきたいと存じます」

「なるほど」

こいつらは、あくまでも自分たちの面子《めんつ》にこだわるつもりだな、と平岡は苦笑した。

「わかった。その意見書を見せろ」

「はい」

栄一は、昨夜喜作と二人で額を寄せながら徹夜で書いた意見書を差し出した。意見書には、

「徳川家に連なる一橋様が、この度帝から禁裏守衛総督をお命じになられたということは、やはり未曽有の国難に際しているからであります。したがって、この異例中の異例ともいうべき大任をお果たしになるには、単に一橋家の家臣だけでなく、広く日本中の有志を思い切ってご登用なさることが肝要かと存じます。そのことによって、ご大任を果たす上で大いに役立つ人材が得られましょう。いってみれば、天下の人物といわれるような人々を、この際禁裏守衛総督のもとにお集めになるべきだと存じます」

と書いてあった。ほとんど、昨日円四郎が話したことの焼き直しだ。しかし、この意見書がそのまま〝買い手市場〟を、〝売り手市場〟に換える論であったのである。栄一

と喜作にすれば、いままで尊王攘夷論を唱え続けてきた自分たちが、いきなり一八〇度方針を転換して、徳川一族である一橋家の家来になることは、やはり後ろめたい。京都に集った志士たちからも笑われるし、指をさされる。それを少しでも薄めようとして、こんな論を思いついたのだ。

つまり、禁裏守衛総督というのは、徳川幕府が命じたものではない。天皇が命じたものだ。ということは、徳川家の一族である一橋慶喜は、そのまま天皇の臣下になったということだ。天皇の家来としての一橋慶喜が、広く天下に呼びかけて、

「人材よ、集まれ」

と呼びかける。しかしその呼びかけは、徳川家の一族として呼びかけるわけではない。天皇の臣として呼びかけることになる。したがって、禁裏守衛総督のもとに馳《は》せ参ずる天下の有志は、すべて間接的には天皇の家臣だということになる。そうなれば、いままで唱えてきた「尊王攘夷」の「尊王」の部分だけは生かされることになる。それが、栄一の立てた理屈であった。

円四郎は馬鹿ではない。ここまで図々《ずうずう》しく臆面もなく、自分たちのいうことを貫こうとする栄一たちにムッとしないわけではなかった。が、この論の立て方に平岡は感心した。そして、

（おそらく、この意見書は渋沢栄一が主として書いたものだろうが、栄一という奴《やつ》はな

かなか論が立つ。頭も鋭い。そして、現実的だ。自分が屈したようで屈していない。しかしだからといっていたずらに志を貫こうとするのではなく、現実とどう妥協するかも知っている。若いけれど、こいつは使いものになる。一橋家のためにも大いに役立つ）と思った。しかし、平岡の読みは甘かった。栄一たちは、さらに一歩踏み込んで、別な要求を出したからだ。

「この意見書は、必ず主人に見せる。それでは、君たちは一橋家の家臣になるのだな？」

と念を押した。栄一は首を振った。

「もう一つお願いがございます」

「お願い？　何だ？」

まだ何かあるのか、というように平岡は栄一を睨みつけた。栄一はうなずいた。

「この度一橋家の家臣になるについては、おそれながら一橋慶喜様じきじきからお言葉を頂戴しとうございます」

「何だと？」

平岡は目をむいた。

「そんな例はいままでにない」

「いままでになければ、新しい例をおつくりください」

「………」

平岡円四郎はさすがにカッとして栄一を睨み据えた。恐ろしい形相になった。しかし、栄一のいった、

「一橋慶喜公が禁裏守衛総督になったこと自体が新例なのだから、その運営についても新しい例を次々とつくるべきでしょう」

という一言は、耳の底に残った。もっともだと思った。平岡の頭の中で何かがパチンと割れた。いままでもやもやしていたものが、殻を破ってスカッとしたような気がした。

(なるほど、その通りだ)

栄一のいったことは、単に一橋家が新しい人間を求めるということにとどめるべきではない。禁裏守衛総督という天皇の部下としてのポストを得た慶喜が、いよいよ力を発揮し、日本の政治の主導者になるのには、やはり古い例にこだわっていては駄目だ。

(なるほど、若い奴は発想が新しい。俺も学ばなければならない)

頭の鋭い平岡は、栄一にむしろ教わったのだ。出会いとは、いつも三通りの人間に遭遇するということだ。一つは学ぶ人であり、二つは語る人であり、三つは学ばせる人だ。それぞれは、別に年齢とかキャリアとかは関係ない。たとえ若くても、考えのすぐれている者に出会うこともある。いまがそうだった。平岡円四郎は雇用者の立場に立ちながら、逆に雇われる渋沢栄一という若者に、大いに学んだのである。

平岡は答えた。

「君のいう通り、確かに新しい例をつくることが必要だということは、俺もよくわかる。が、いざそれを実行するとなるといろいろとうるさい。が、やってみよう。主人に君たちが会えるように努力してみる」

「お願い致します」

栄一自身にしても忸怩《じくじ》たるものがあった。ここまで図々しく平岡にものを頼んでもいいのかというためらいはあった。が、それが一発勝負で成功した。平岡は全面的に栄一と喜作のいうことを受け入れた。しかし、円四郎も老練な人間だ。意地の悪い方法を考えた。

「それではこうしよう。いきなり君たちを主人の前に連れていくわけにはいかない。それとなくお目にかかる方法を取らざるを得ない。慶喜様は、毎朝早く、下賀茂《しもがも》から松ケ《まつが》崎《さき》辺りまで、ご乗馬をなさる。それを途中で待ち構えていて、慶喜様の馬が見えたらすぐ後を追いかけろ。しばらく走っているうちに、慶喜様がお気づきになるだろうから、その時は私が、実はこれこれでございますと紹介するようにしよう。いいな？」

今度は否をいわせない口ぶりだ。二人は圧倒された。

「かしこまりました」

と頭を下げざるを得なかった。しかし、これは弱ったことになったと思った。というのは、栄一も喜作も若いくせに、その頃すでにかなり太っていたからだ。それに背が低い。横に転がった方が早いのだ。それを精一杯馬の後について駆け出せというのだから、これはしんどい。二人は顔を見あわせた。

が、翌朝、二人は朝早く起きて、慶喜の馬のコースの途中に潜んだ。朝霧を裂いて、慶喜の馬がカッカッとひづめの音を立てて迫ってくると、馬が通りすぎた一瞬を狙って、二人はその後について駆け出した。汗を一杯顔からたらしながら、必死になって駆けた。慶喜は円四郎だけを供に連れていた。円四郎も馬だ。円四郎は意地が悪かった。自分をさんざん悩ませた二人に少しお灸《きゅう》を据えてやろうと思っていた。だから、二人が完全に疲れ果てるまで後ろを振り向かなかった。

タッタと駆けていた二人が、ドタドタと仰向けになるようになって、いまにも引っくり返りそうになると、円四郎はやっと慶喜に何か囁《ささや》いて、馬を止めた。二人が乗った馬首がこっちを向いた。栄一たちは、気息奄々《きそくえんえん》の様でようやくそこまで辿《たど》り着いた。円四郎が笑いながら慶喜に告げた。

「これが、昨日お話しした渋沢栄一と渋沢喜作でございます」

慶喜は何もいわずにうなずいた。そして二人を見つめやがてニコッと笑った。若いくせにデブデブに太った二人が、汗一杯かいて、いままで馬の尻を追っかけてきたことがわかったからだ。

「午後にでも、邸《やしき》に参れ。そして、思うところを話せ」

一橋慶喜はそういった。すぐ馬首をひるがえし、馬の尻にムチを当てて走り去った。

平岡円四郎は意味ありげな一瞥《いちべつ》を二人に投げると、これもまた慶喜の馬を追って走り去った。二人はホッと息をついた。しかし、

「よかったな」

と互いの肩をたたいた。これだけ徹底した手を打っておけば、一橋家の家臣になっても、もうそれほど非難されることはなかろうという気持ちが湧いてきた。

一橋慶喜への大胆な進言

服装を改めて慶喜の前に出た二人は、恭しく平伏した。慶喜はきさくだった。

「今朝《けさ》はご苦労であった。では、その方の意見というのを聞こう」

脇から、円四郎が、

「思うところを遠慮なく申し上げろ」

と促した。栄一は居ずまいを正して語りはじめた。十分に頭の中で論を立て、練りに練った言葉を選び抜いていた。

「おそれながら一橋慶喜様におかせられましては、賢明なる水戸烈公（徳川斉昭《とくがわなりあき》）の御

子にまします。ことに、ご三卿《さんきょう》の御身《おんみ》をもって、禁裏守衛総督という要職にご就任あそばされました。帝のご深遠な思し召《おぼめ》しがあらせられてのことと存じ奉ります。率直に申し上げまして、今日《こんにち》は幕府の命脈もすでに絶えたと申し上げてもよい有様でございます。ゆえに、いま、なまじっか幕府のつぶれるのを取りつくろおうとなされることは、即一橋の家もつぶれることにつながりましょう。徳川本家を存続しようという思し召しがおありになるのならば、徳川本家に密着せず、距離を置いてお助けになる他計略はないと考えます。それゆえ、慶喜様におかせられましては、お手元に天下の志士をお集めになることこそ、ご肝要かと存じます。

いまのように、幕府の威令が落ちて、その号令も滞りがちというような状況では、お集めになる人材も、あるいは天下を治めようとする者だけでなく、天下を乱そうとする者もいるかも知れません。しかし、逆にいま天下を乱そうとする人間こそ、他日天下を治めようとする志を持つものであります。したがって、天下を乱す人材をことごとくお手元にお集めになれば、幕府に例を見る古き悪《あ》しき例が、すべてこの際破られ、新しい例が立てられましょう。おそらく、帝の思し召しはその辺にあるのではないかと思われます。もちろん、天下を乱そうとする人材が一橋様のもとに集まれば、幕府は警戒して、あるいは一橋様をご討伐になろうという軍勢が起こされるかも知れません。しかし、その際は思い切って武力をもってこれに対するのも、決してゆえなきことではございますまい。一橋様のお志が、徳川幕府を存続させようというところにおありになるのか、あるいは徳川本家を存続させようというところにおありになるのか、つまびらかには致しません。が、愚見によれば、たとえ徳川幕府がつぶれても、徳川本家が存続することの方が大切かと存じます。そしてそのことこそ、この日本国に、政治の新しい例を一橋様のお手によってひらくということになろうかと推量致します」

慶喜は一言も口をきかないでじっと栄一のいうことを聞いていた。円四郎は胸の中で唸り声を上げた。意見書を読んだ時に感じた感動が、さらに倍加した。

（何という末恐ろしい若者だ、こいつは！）

と思っていた。こんな意見を吐いた志士はいない。もちろん、平岡には栄一の考えがよくわかる。栄一はあくまでも、ここで志を変じて一橋家の家臣になることにこだわりを持っている。世間の評判を気にしているのだ。いままで命がけで行動を共にしてきた志士仲間に対する面目を考えている。が、それを単なる〝私〟の次元から、ここまで〝公〟の次元へと、論理を飛躍させ拡大させる頭のよさというのは一体どういうものだろう。

（実にすばらしい頭脳を持っている）

頭の鋭い平岡はそう思った。そして、いよいよ、

(この若者を、一橋家で活用しなければ駄目だ)

と思い込んだ。

一橋慶喜は、かつて第十四代将軍の強力な候補に推し立てられた。慶喜を擁立したのは、老中《ろうじゅう》の阿部正弘《あべまさひろ》を筆頭に、薩摩藩主島津斉彬《しまづなりあきら》や、越前藩主松平慶永《えちぜんはんしゅまつだいらよしなが》、あるいは土《と》佐藩主山内豊信《さはんしゅやまのうちとよしげ》の他、徳川家の親藩《しんぱん》や外様《とざま》を問わず多くの大名がいた。もちろん、慶喜の父であった水戸藩主徳川斉昭もその先頭に立っていた。

しかし、この案は大老井伊直弼の保守性によって一蹴された。そしてその直後、安政の大獄が起こった。むろん斉昭や慶喜も罰せられた。

そういう経緯を栄一もよく知っていた。慶喜は、かねてから日本中で期待される指導者であった。その指導者に対して、堂々とこれだけの意見を吐いたのだ。しかも意見は、目から鱗《うろこ》を落とすような新しさを持っていた。とくに、栄一のいった、

「徳川幕府がつぶれても、徳川本家が存続すればいいではないか」

というい方は、慶喜や円四郎の胸にわだかまっていたモヤモヤを一気に吹き飛ばした。考えてみれば、大老井伊直弼たち保守派が推す候補者に対抗して、自分が次期将軍の候補者に立てられたということは、すでに反幕行動なのだ。この若者は、そのことを改めて持ち出し、

「もっと勇気を出して、新しい例をおつくりください」

といっている。その結果が、幕府をつぶすようになっても構わないではないか、という意見だ。幕府が倒れた後に、国難に対応できるような新しい政府をつくればいいというのがこの若者の意見だろう。そして、その際には、士農工商のような身分制を廃して、日本人なら誰でも国政に参加できるようなシステムをつくり出すべきだといっている。近頃流行《はや》りの「共和制」のことを、この若者も知っているかも知れない、と慶喜は考えた。

この日、慶喜は一言も栄一の意見に感想を述べないで奥に去った。平岡は、

「ちょっとここで待て」

と告げて、急ぎ足に慶喜の後を追った。やがて、平岡が出てきて、こういった。

「今日から君たちは一橋家の奥口番《おくぐちばん》を命ぜられた」

奥口番というのはどういうポストかわからなかったが、しかしいずれにしても、栄一と喜作はこの日に正式に一橋家の家臣を命ぜられたのである。奥に入った慶喜が、平岡にそういったのに違いない。ということは、栄一の堂々たる、しかも破天荒な意見が慶喜に受け入れられたということであった。元治《げんじ》元年（一八六四）二月十二、三日頃のことであったという。

平岡円四郎と出会ったことによって栄一は、自分の体に潜んでいる、自分でも予想しなかった能力をいくつか引き出された。その結果、いたずらな攘夷論を捨てて、かれは

急速にこの日から開国論に傾く。また、奥口番をきっかけにして、一橋家の経営を任されたかれは、とくに理財の面で才能を発揮していく。さらに、一橋慶喜に対しても、類いまれな忠誠心を持つようになる。

その後のかれは、一貫して徳川幕府のためではなく、一橋慶喜のために奮闘努力していく。昨日までのかれには考えもつかない生き方であった。

人間渋沢の誕生

藍の買いつけで見せた非凡さ

渋沢栄一は、天保《てんぽう》十一年（一八四〇）二月に、武蔵国血洗島村《ちあらいじまむら》（現在の埼玉県深谷市《ふかやし》血洗島）に生まれた。本家では、当主は代々市郎右衛門と名乗った。父親の市郎右衛門美雅は、晩香と号するような雅人だったから、子供の教育には熱を入れた。美雅自身学問が深かったので、物心がつくと栄一はこの父から、孝経《こうきょう》、小学、大学、中庸《ちゅうよう》、そして論語を学んだ。

七歳になると、父は、栄一の従兄弟に当たる尾高惇忠に学問を習わせた。惇忠は、かなり激しい思想の持ち主で、単なる学者ではなかった。論語をテキストの中心に置いていたが、頼山陽《らいさんよう》の『日本外史』など、日本の歴史に関する本も副読本として使っていた。尾高惇忠の教育方法は、なかなかユニークだった。かれは常にこういっていた。

「本は、読みやすいものから読め。難しい漢書に取りついてもいきなりは理解できない。わからない本と睨めっこをしていることは、死んだ文章と向かいあっていることになる。そんな無駄なことをする必要はない。本の意味がわかるようになるのは、何といっても人生経験を豊かにしなければ駄目だ。だから、若いうちは、自分が面白いなと思う本から読みはじめた方がいい。

ただ、漫然と読んでは駄目だ。自分の生き方に照らしあわせて、なるほどな、と感ずるような読み方をしろ。そうなると、知らず知らずのうちに、読書力が増して、難しい本も読みこなせるようになる。つまり文字を、読み手の肥料として活用しなければ、本などというものは何の役にも立たない。とにかく、何でもいいから片っ端から多くの本を読め」

さらにかれはこういった。

「本を読むというのは、何も畳の上にすわって読むことだけが、読書ではない。鍬《くわ》を振って土を耕す時も、あるいは道を歩いている時も、頭の中で本を読み続けろ。本を読み続けるということは、読んだ文字が現実に照らしあわせて、あるいは自分の生き方に照らしあわせて、どういう意味を持っているかということを追究することだ。しかし、決して急いではならない。時間をかけて、じっくりと心の中で本を読め」

こんなことをいう尾高惇忠は、福沢諭吉《ふくざわゆきち》と同じように「士農工商」という身分制に激しい怒りを抱《いだ》いていた。尾高惇忠の塾に通っている間に、栄一は次第に惇忠の思想に影響されていった。かれが、尊王攘夷論を唱えた頃には、すでに「倒幕」という、すなわち徳川幕府を倒すことをはっきりした目標に据えていた。

息子の思想の過激化にもっとも驚いたのが父の美雅だ。父は、栄一に学問を学べとはいったが、そういう激しい思想を持てとはいわなかった。父は突然、

「もう学問などしなくていい。それより家業に精を出せ」

と命じた。栄一は変な顔をしていい返した。

「農民でも、これからの世の中を生き抜くためには学問が必要だ。学問に励まなければならない、とおっしゃったのは、お父さんではありませんか」

と抗議した。父親はいい返した。

「私がいった学問は、いまのおまえのような行動をするためのものではない。もっと、農民としてつつましく生きるための学問を学べといったはずだ」

そういい切る父親は、そうなるともうテコでも動かなかった。あくまでも家業に精を出せということで、ついに、

「おじいさんと一緒に、藍の買いつけをしてこい」

と命じた。栄一は不満だったが、この頃家長としての父親のいいつけは絶対だった。それに、かれは長男だったので、いずれは家を継がなければならない。やむを得ず父親

のいいつけに従った。祖父は、藍の買いつけについては大変なキャリアを持っていたので、修業のために父親が頼んだのだ。祖父は喜んで、孫を連れて歩いた。

栄一が行ったのは信州（長野県）や上州（群馬県）方面である。この地方では、藍を生産している地域が多かった。この頃栄一は十四歳だった。買いつける地域に行くと、栄一は祖父に頼んだ。

「一人で、買いつけをさせてください」

祖父はビックリした。

「一人でやれると思うのか？」

「思いませんが、やってみます。そうでないと、父にいわれた独立心が育たないと思います」

「わかった。やってみろ」

祖父は、半分は、お手並み拝見というように、栄一が一人で買いつけをすることを認めた。

買いつけに歩くと、予想されたとおり、鼻の先でせせら笑われた。

「子供のくせに、専門家でも難しい藍の買いつけをやろうなんて、とんでもない奴だ」

という色がありありと浮かんでいた。

現在でもそうだが、セールスは戦いだ。しかしこれは「相手を憎む戦い」ではない。

「相手を愛する戦い」といっていい。そのためには、やはりこっち側が相手の力を超える力を持っていなければ駄目だ。力というのは、相手がどんな人間で、どの程度の人物かということを敏感に見抜くことだ。人間洞察術といっていい。その上で、はじめて、「相手がこの程度なら、この位の力で圧倒できる」

という作戦が立てられる。

藍の生産者たちに馬鹿にされた栄一は、宿に戻ってくると考えた。

(この壁を突破するのには、やはり発想の転換が必要だ)

と思った。発想の転換とはどういうことか。

(立場を変えてみることだ)

栄一はそう思った。立場を変えるということは、買い手の自分が売り手の身になって考えるということだ。これは、一貫した栄一の姿勢だ。平岡円四郎の口ききによって一橋慶喜に仕えるようになった時も、かれは買い手市場を売り手市場に換えてしまった。それには、論理の飛躍がいるし、また思い切った発想をしなければならない。

売買で、買い手の立場に立つと、はじめから売り手が勧めるものを買おうとはしない。さんざんじらしてから買う。売る側がつらいところは、そういう相手を表面上は立てなければならない。

「ごもっともでございます」

という応じ方をしながら、

「しかし」

といって、自分の売る品物のよい点を極力PRする。いきなり、ピシャリといい返しなどしようものなら、買い手はさっさと立ち去ってしまう。元も子もなくなる。敵を愛する戦いだというのは、究極的には、こっちのいうことを理解してもらって、物を買ってもらうという成果を上げなければ意味がないからだ。憎んで、

「そんなことをいう買い手とは、二度とつきあいたくない」

という激しい気持ちになったら、それで終わりだ。売買で、そんな感情むき出しのことばかりしていたら、一つも実績は上がらない。少年栄一は、じっと考えた。

(ここで怒ってはならない。それは、生産者の術策にはまることだ)

さすがに、いままで父の勧めで従兄弟の尾高のところで学問を修めてきただけあって、こういう状況に出会っても栄一は冷静だった。かれは考えた。

「確かに、自分は藍の売買については何の経験もない。しかしいままで読んだ本のおかげで、藍について多少の知識がある。これを思い切って前面に出し、生産者を驚かせてやろう。そうすれば、かれらも自分を子供だといって馬鹿にはすまい」

本を読んで得た知識だけではなかった。祖父や父からも、「門前の小僧習わぬ経を読む」で、日常の大人たちの交わす会話の中から、そういう方面での話題も結構頭の中に

入っていた。たとえば、

「藍を育てるのに、しめ粕《かす》（油を搾《しぼ》ったあとに残る粕。肥料に使う）を使っていない。これはよくない」

とか、

「藍は、十分に乾かさないと、役に立たない」

などという指南書の記憶が甦《よみがえ》った。

栄一は翌日も、生産者のところに出かけていった。生産者は、妙な笑いを浮かべて、

（何だ、懲りずにまた来たのか？）

というような顔をした。栄一は、

「おじさん、ちょっとお宅の藍の葉を見せてください」

というと、いかにも経験が豊かな藍の売買人のような顔をして、藍の葉を手に取り、眺めた。やがてこういうことをいった。

「おじさん、おじさんのところは、この藍を育てるのに、しめ粕を使っていないだろう？」

相手はビックリした。

「おまえさん、どうしてそんなことがわかるんだい？」

栄一はニヤリと笑った。さらに、相手の顔をまっすぐに見つめたままこうつけ加えた。

「この藍の葉は、少し肥料が足りないよ」

相手はあきれて目を丸くし、声を失った。

(この小僧は、一体どういう奴なんだ？　随分と藍に厳しい目を持っているぞ。油断ができない)

と感じた。

度胆《どぎも》を抜かれたのである。相手は馬鹿にすることをやめて、そこで改めて栄一の話を聞きはじめた。そして、話の途中で、栄一が単なる子供商人ではなく、武蔵国でも相当名のある渋沢家の息子だと知った。

「まったく存じませんで、勘弁してください」

と謝った。栄一は、

「いいえ、私は別に渋沢家の代表として伺っているわけではありません。父親からいわれて、これからの家業の修業のためにこうして藍の買いつけをしているのです。一人の商人として扱ってください。ただ、子供だからといって、いきなり馬鹿にされることには我慢できなかったのです」

買いつけは成功した。このことが、生産者の間に口コミで次々と伝えられた。生産者たちは、栄一の訪問を歓迎し、いい藍を準備した。

栄一は、良質の藍をたくさん買いつけて意気揚々と帰ってきた。祖父はそんな栄一を

いとおし気に見つめ、

「栄一、おまえもなかなかやるな」

とほめた。家に戻ってきた栄一を迎えて、父親の方がビックリした。

この時栄一が使った買いつけ方法は、早くいえば、〝ハッタリ〟である。しかし、単なるハッタリではない。闇雲に相手を脅かしたのではなく、こっち側のいうことには教養の裏づけがあった。つまり、藍について何も知らなかったら、こういうハッタリは通用しない。かれには、いままで読んだ本での目学問があり、また祖父や父親から経験を聞いた耳学問があったが、藍について改めて頭の中を整理してみれば、結構いろいろなことを知っていたのである。それが役立った。

しかし、ただそれだけでは駄目だ。そういう知識を思い切って前へ出すためには、やはり度胸がいる。したがって、栄一の少年時代のハッタリは、「知識と度胸」の合体物であったといえる。

が、人間が生きていく上で、危機に際して切り抜けるためには、「知識と度胸の合体物」だけでも駄目なのだ。それを貫くのには、やはり根底に「誠実さ」と「まごころ」がいる。ハッタリは、賭けだ。うまくいく場合もあれば、いかない場合もある。とくに、相手に見抜かれた場合は失敗する。

それを成功させるのは、やはり何といってもこっち側の「誠意」だ。「こいつは本気だ」あるいは「こいつは本物だ」と相手が感じ取るだけの迫力がなければ駄目なのである。

そういう意味では、栄一は少年の頃から死ぬまで、生涯を通じて常に、「誠実さ」と「まごころ」を心に据えていたといっていい。これは、何といっても父親の影響が大きかったろう。

日本の地下水脈を発見

少年栄一が、藍の生産者を感心させたことがもう一つある。それは、栄一が最初考えたように、

(相手の立場に立って考えてみよう)

という態度をとっていたことだ。つまり、

(自分が藍の生産者の立場に立ったら、子供の買い手に対してどういう態度をとるか)

ということを、自分の頭の中で演出したことである。

売り買いの秘訣《ひけつ》は、やはり相手がどういう人間かを見抜くことだ。それによって、「これは油断ができない」と警戒したり、あるいは「何だこんな奴」と軽んじたりする。

栄一は最初、少年というだけで馬鹿にされた。そこでかれは、

「馬鹿にされないためには、どうすればいいか」

を考えた。自分の中で、自分と相手の二人の人間にそれぞれの考えを発表させ、討論させたのだ。この手法も、栄一が生涯保った生き方の一つだ。

そして、かれにこの時〝ハッタリ〟を実行させたのは、

「自分の人格に対しては、絶対に馬鹿にさせない」

という一つの意思だ。いってみれば、

「自分を大切にする」

ということであり、同時にそれはまた、

「自分を安売りしない」

ということであった。

しかし、そのためには、可能な限り教養を身につけなければならない。何も知らなければ、馬鹿にされるのは当然で、どんなに自分で、

「自分は、これほど高尚な人間だ。そんじょそこらにいる馬鹿者たちとは違う」

と強調したところで、誰も信用しない。

いわゆるすぐれた人物とか、英傑とかいわれた人には、共通することが一つある。それは、普通の言葉を使えば、「先見力」だ。

先見力とは、先を見通す力のことだ。いまのようないわゆる〝不確実性の時代〟にな

ると、この先見力がなければ、指導者だけでなく、どんなに平凡な暮らしを送ろうとする人々でも、生き抜いていくことはできない。

この先見力を組み立てるのにもっとも必要なのが「情報力」だといわれる。同時に、その情報の中に混ざっている玉《ぎょく》と石を選びわける「判断力」が必要になる。さらに、「これでいこう」という一つの態度を決定するのには、選択肢がたくさんあるので、かなり勇気がいる。というのは、選択肢を一つ選ぶことによって、現代に生きる人々は必ず大きなリスクを負う。

いま、危険負担をしないで生きることはまったくできない。したがって、勇気を持って一つのことを選びとるには「決断力」がいることになる。この、先見力・情報力・判断力・決断力によって、自ら選んだ道を実行するのが「行動力」である。ただし、その先見力から行動力に至るまでの営みは、やはり頭と体が健康でなければならない。いきおい、最後に必要になるのが「体力」だ。

しかし、それだけではない。とくに、「先見力」を立てる場合に必要なのが、理屈ではない〝勘〟だ。

すぐれた人物には、必ずこの〝勘〟がある。が、これは何も闇雲に働かせる能力のことではない。栄一の場合には、その〝勘〟が人並み以上に鋭かった。しかし、それは持って生まれた超能力というだけでなく、かれの豊かな教養と知性が生んだものであった。

世の中の動きを見つめるのによく使われる言葉が、「潮流」あるいは「世論」だ。しかし栄一は、この潮流や世論に、そのまま従うことはなかった。逆にいえば、潮流や世論をそのまま鵜呑《うの》みにしなかった。

かれには幕末の潮流や世論の底に流れている、もう一つの別な流れが見えていた。いってみれば、潮流と世論の底に、ヒタヒタと静かな音を立てて流れている、地下水脈のようなものを発見したのだ。かれが、それまでの過激な尊王攘夷論から、平岡円四郎の仲介によって、開国国際化論に傾いていくのは、かれにすれば、別に転向でも裏切りでもなかった。江戸から京都に行く旅の中で、あるいは京都へ行ってからの経験の中で、かれははっきり、うわべの世の中の動きと、世論の底に流れている地下水脈を見据えていた。

地下水脈の方向は、単純な尊王攘夷論とは違っていた。また、ただいたずらに欧米に追随する開国論とも違っていた。日本人が、日本人のよさを保ちつつ、国際社会に乗り出していくような道筋を、その地下水脈ははっきりと示していた。

その地下水脈に気づかせたのは、何といっても一橋家の用人平岡円四郎だった。円四郎が渋沢栄一という人間の中に見抜いた、

「理財に対するすぐれた能力」

がそれだ。しかし、その大恩人である円四郎は、元治元年（一八六四）六月十六日の夜、

暗殺されてしまう。暗殺者は水戸藩士だった。円四郎が、度量が大きく、開国論も受け入れるほどの器量人だったために、尊王攘夷論でコチコチに固まった水戸藩士たちは、

「平岡円四郎が、一橋慶喜様を誤らせている」

と短絡したのだ。

円四郎が殺された時、栄一は京都にいなかった。円四郎に命ぜられて、生まれ故郷の関東地方で、一橋家に仕える有志を募っていたのである。

が、いきなりそこへいく前に、栄一と喜作の二人が、一橋家の家臣になったところに話を戻して、もう少しその後の二人の歩みを見ておこう。

動乱の京都で

故郷、血洗島への凱旋《がいせん》

栄一と喜作が、一橋家の家臣になって最初に命ぜられた役目は、奥口の番である。先輩が二人いた。仕事をやらせてもまったく役に立たないほどもうろくした年寄りだった。二人は、仕事部屋に入って先輩に頭を下げた。そして、

「今日から新しく奥口番を命ぜられた、渋沢栄一と喜作でございます。どうかよろしくお願い致します」

と挨拶した。ところが、二人の老人はこもごも叱りつけた。

「何か不調法を致しましたか？」

と聞くと、老人は居丈高になってこういった。

「そんなに前にすわってはならない」

というのだ。

「は？」

と思わず聞き返した。老人は、指先で畳をさしながら、

「そこに、畳の目がある。その目から前に出てはならない。目からこっちは、われわれのようなこのお役を長年つとめている者がすわる席だ」

栄一は喜作と顔を見あわせてあきれ返った。畳の目で、先輩と後輩の区別をつけようなどと考えている、この姑息《こそく》な老人たちに腹を立てた。

「こんなことでは、一橋家はどうにもならない。いくら、平岡様たちが開明的な考えを持って、一橋家の改革をしようと企てても、到底その実行はおぼつかない」

と感じた。最初から、絶望的な気持ちになり、張り切った二人の心はペシャンコになった。

しかし、この様をじっと見ていた平岡円四郎は、間もなく二人を、一橋家に新しく設けた「御用談所」の下役に任命した。御用談所というのは、京都に滞在する大名家の武士たちが、互いに情報を交換したり、意見を述べあったりすることを役目とする職場だ。いきおい、その交流の場所として、花街が使われた。

幕末時、こういう花街に出入りして、交際費をふんだんに使い、酒と女の席で、ドンチャン騒ぎをしながら情報交換していた武士たちを、故大宅壮一《おおやそういち》氏は、当時流行ってい

た「社用族」になぞらえて「藩用族」と呼んだ。栄一と喜作は、この藩用族になった。そして、意外なことに、栄一は藩用族としての才能も十分に持っていた。すなわち、「交際術」に長《た》けていたのである。これを見抜いたのも円四郎だった。

「君は、理財の能力があるだけではない。他人との交渉ごとも得意だ。それをフルに活用してもらいたい」

こうして、一橋家の藩用族の一人となった栄一は、次々と他藩から大切な情報を引き出してきた。とくに、栄一がこの頃目をつけていたのが薩摩藩である。

「薩摩藩は、表面は徳川幕府に協力しているようなフリをしているが、実のところは油断がならない。大狸《おおだぬき》か大むじなのような面がある」

と考えていた。だから栄一は積極的に薩摩藩の藩用族に接近し、いろいろとおだてながら情報を引き出した。その結果、円四郎に報告したのが、

「薩摩藩には、西郷吉之助《さいごうきちのすけ》（隆盛《たかもり》）という大人物がいる」

ということである。この時点で、すでに西郷が容易ならざる人物であることを見抜いた栄一の目は、実に確かだ。平岡は、

「一橋家を代表する交際家として、いつまでもいまの名前（その頃の名は栄治郎）では具合が悪い。改名しろ」

と命じた。そして、平岡は、「篤太夫《とくだゆう》」という名をくれた。渋沢篤太夫という新しい

名によって、いかにも一橋家を代表するひとかどの藩用族の印象がいよいよ強くなった。

御用談所下役となった栄一と喜作は、八畳二間と台所つきの家に住んでいた。故郷を出る時、父親から百両の餞別金《せんべつきん》をもらったが、旅の途中で豪遊をしてしまったので、一橋家の家臣となった頃の二人は、逆に二十五両の借金までしていた。一橋家の家臣になってもらった俸禄《ほうろく》は、それぞれ四石二人扶持《ににんぶち》と月の手当て四両一分であった。

二人は、倹約に倹約を重ねて、半年たたないうちにこの借金を返済した。しかし、生活はかなり厳しかった。ただ面白いのは、この頃二人で時々牛肉を買ってきては、煮て食ったことである。獣肉を食うことは、その頃の日本人の風習でかなり嫌がられていたことなので、この辺は栄一たちの開明性が窺《うかが》われる。

栄一と喜作が、ご用談所下役として、すなわち一橋家を代表する藩用族として、次々と各大名家の武士たちの間で一目置かれるようになったのには、言葉の問題があるといわれる。栄一は江戸弁が達者だった。また、逆に他所《よそ》の国の人間が話す言葉を即座に理解した。いってみれば方言で話をする相手のいうことはよくわかり、逆にこっちは標準語ともいうべき江戸弁を話す。

江戸弁は参勤交代によって江戸につめる大名家の家臣たちにもなじみが深いから、よく理解される。それに、栄一に対して、各大名家の武士たちが、田舎言葉まる出しで話しても栄一は理解する。そして、どこの国の人間でも理解できる標準語で自分の意見を述べるから、今度は地方出の武士たちにもよくわかる、という結果になった。これが、栄一が当時京都に集まっていた藩用族の中で、次第に人気を得る大きな原因になった。

元治元年の五月頃、平岡円四郎は栄一と喜作を呼んだ。

「そろそろ、君たちに約束を果たそうと思う」

「約束？」

二人は一体何のことかと、顔を見あわせながら平岡の次の言葉を待った。

「君たちを一橋家の家臣にする時、私は約束した。それは、渋沢君がいった、一橋家の懐は広く深いので、志のある者は、攘夷論開国論にかかわらず、いろいろな意見の持ち主を多く採用すべきだということだ。慶喜様もあの時のことをおぼえておられ、一橋家も京都において名を成すに至ったので、君たちに、東国からそういう有志を数十人集めさせてはどうか、というお言葉を賜った。ついては、二人で関東に赴き、そういう有志を募り、京都に連れてきてもらいたい」

栄一は感動の目をもって円四郎を見た。そして胸の中で、

（この人は本当にすばらしい）

と思った。栄一があの時、小生意気にも、滔々《とうとう》として意見をいったのは、自分の思想の転向を正当化するためだった。過激な攘夷論者であった二人は、あの時すでに倒幕を考えていた。その倒幕論者が幕府の親戚である一橋家の家来になるのは、何とも具合が

悪い。一緒に生きてきた同志たちへの手前もあって、そんなことをいったのだ。すでに半年以上の月日がたっているので、あれは一種の方便で、まさか実行されるとは思わなかった。それを慶喜も、用人の円四郎もおぼえていて、現実にそういう連中を集めてこいというのである。二人は感激した。

「必ず、仰せに従います」

と平伏した。資金をもらって、二人は勇躍関東に向かった。いってみれば故郷に錦を着て帰る旅である。いまの二人はもう農民ではない。れっきとした一橋家の家臣だ。武士だ。

「親たちが見たら、どんな顔をするだろう?」

東海道を上りながら、道々二人は何度もそんなことを話しあった。

一橋家の領地は各地に点在していた。栄一と喜作は、その点在する一橋家の領内を中心に、有志を募った。たちまち、

「京都に行ってご奉公したい」

という人間が集まった。その数は五十人ほどになった。そのまますぐ京都に引き返すべきだったが、栄一と喜作はどうしても一度故郷に戻りたかった。ただ、二人に対しては、領主の安部《あんべ》家では、依然として犯罪者視していた。高崎城乗っ取りなどという大変なことを企て、そのまま出奔してしまったからである。一味の尾高長七郎は、飛脚を斬

殺して江戸の牢につながれている。あいつら一味は、ろくな人間ではないという見方をしていた。

そこで栄一は、手紙を書いて師の尾高惇忠のところに使いを送った。

「こういう事情なので、先生に江戸へ出てきてはいただけまいか」

という申し出である。ところが、その手紙を持った使いがそのことを安部家に話してしまったので、安部家の役人は惇忠を捕えて牢屋にぶち込んでしまった。もっと勘ぐれば、惇忠をおとりにして二人をおびき寄せようとしたのだ。

栄一の生まれ故郷血洗島には、安部家の代官所があった。少年時代栄一は、この代官所に嫌な記憶を持っていた。それは、官所から、各村の庄屋に、

「御用金の額を割り当てるから、出頭するように」

という指示が下された時のことだ。たまたま、栄一の父は具合が悪くて代官所に行けないので、代わりに栄一が出頭させられた。

この時、血洗島の代官は尊大そのものの態度で、後ろへそっくり返りながら、誰にはいくら、誰にはいくらというふうに御用金を割り当てていた。この時、代官所に行ったのは三人の庄屋だったが、二人はすぐ承知した。ところが、栄一は承知しなかった。

「今日の私は、父親の代理でございます。父からは、ただ御用の趣を聞いてくるようにとだけいわれました。いまのお言葉は、家に戻りまして父に伝え、どうするか改めて父

から御返事申し上げます」

といった。これを聞くと代官は真っ赤になって怒った。

「代理というのは、物事を決めるためのものであって、小僧の使いではあるまい。おまえも、やがては渋沢家の当主になる身だ。黙って引き受けろ」

栄一は首を振った。

「そうは参りません。やがて家を継ぐにしても、現在の私はまだ部屋住みの身でございます。物事を決める権限はすべて父にございます。仰せの御用金については、そのまま申し伝えます」

「他の二人は承知した。この場ですぐ承知しろ」

「そうは参りません」

代官はあきれて栄一を見つめた。他の二人は、栄一の袖を引っ張って、目で承知しろと合図したが、栄一は頑張り続けた。代官は匙《さじ》を投げた。しかし、この時の栄一の印象は、代官に甚だしい憎しみの念を湧かせた。噂《うわさ》はたちまち流れた。渋沢栄一という若僧は、したたか者だという話が、代官所を発信源にして次々と伝わった。

そういう少年時代の栄一のことを、代官所の役人たちはいまもおぼえていた。その栄一が村に戻ってくるというので、かれらは、てぐすねを引いて待ち構えた。

栄一があの時、代官に対して怒りの念を持ったのは、次のように考えたからだ。

「個人の財産は、それぞれ個人が努力して得たものだ。それを、代官は自分のもののように奪おうとする。もともと、領主は年貢を取っているのではないか。それなのに、自分の生活態度を改めることもなく、金が不足したからといって、農民たちに御用金という形で、臨時の徴収金を割り当てる。それも、懇願するのならともかく、頭越しに居丈高に命令して奪おうとする。こんなことになるのも、徳川家が長年月そういうポストを私しているからだ。とくに、自分たちのような農民に対しては、まるで虫けらのような扱いをする。どうにも、承服できない」

この辺は、かれと同時代の福沢諭吉が、やはり故郷の中津《なかつ》（大分県）にあって、

「身分制は、親の仇《かたき》だ」

といったのに似ている。が、福沢家はまだ下級役人とはいってもれっきとした武士の家だ。農民とは違う。士農工商の四つの身分にわかれていて、農民は武士の次にランクされてはいたが、実際の扱いは、

「生きぬように、死なぬように」

ということであり、その存在価値は、ただ年貢の納め手としてであった。

十七歳の少年であった栄一の怒りは、後の自由民権運動に発展する。しかし、そのこととは別に、京都で平岡円四郎に説得されて、それまでの過激な尊王攘夷論者から、開国論者に転向していった理由の一つには、この身分の問題があったに違いない。平岡円

四郎はいみじくもいった。

「いまの時代で、どんな能力があり、また努力しようと、身分制そのものはいきなり壊せるものではない。自分のやりたいことをやるためには、まず武士になることが必要だ」

この言葉は非常に説得力があった。もし栄一が農民でなく、武士の家に生まれていたら、円四郎がいかに理を立て、筋を立てて説得しようとも、栄一はそうそう簡単には一橋家の家臣にはならなかっただろう。

故郷の代官所で役人たちが手ぐすね引いて二人を持ち構えているということと、師の尾高惇忠を牢屋にぶち込んで、二人をおびき出そうとしているということを聞くと、二人は真っ赤になって怒った。栄一はしばらく腕を組んで考えていたが、やがてこういった。

「正面突破しよう」

「正面突破？」

喜作が聞き返した。栄一はうなずいた。

「そうだ。尾高先生に来てもらおうなどという考えは姑息だ。代官所の動きに屈伏するようなものだ。いっそのこと、安部家の陣屋のある岡部を堂々と通ろうではないか」

「岡部を通る？」

喜作は仰天した。血洗島に代官所を置く安部家の本陣は、岡部にあった。小さな領主なので、城は持てない。代わりに陣屋が置いてあった。その陣屋のある岡部の町を栄一は堂々と通過しようというのだ。栄一は大きくうなずいた。

「もうコソコソするのは嫌だ。いまの俺たちはまがりなりにも一橋家の家臣だ。集めた五十人の連中も、一橋家の家臣だ。いってみれば、俺たちは五十人の部下を持つ人間だ。かれらを供にして、岡部を押し渡ろう」

「………！」

喜作も、いつまでもあきれてはいなかった。かれもまた血の気の多い人間だ。ずっと栄一と行動を共にしてきている。八畳二間の京都の家で、一つ屋根の下で暮す仲だ。牛鍋もつつく仲だ。

「わかった。そうしよう」

喜作も大きくうなずいた。

翌日、二人は新しく集めた五十人の連中を引き連れて、堂々と岡部の町に乗り込んでいった。安部家の役人たちがバラバラと走り出てきて、

「謀反人《むほんにん》の渋沢栄一と喜作、神妙にしろ」

と大声でどなり、二人を捕えにかかった。が、大道にしっかと足を据えた栄一は逆にどなり返した。

「黙れ！　おそれ多くも京都禁裏守衛総督一橋慶喜様の家臣渋沢栄一に対して、何とい

う申しСЯ（しょう）か！ この度は禁裏守衛総督様のご下命によって、この関東地方から王城を守護する有志を募りに参った。首尾よく有志を得て、これから都に戻る途中である。貴様らはそれを知ってわれらを妨げようとするのか？　あえて妨げるとならば、貴様らはそのまま逆賊になるぞ！」

謀反人だと思っていた栄一から、逆に逆賊になると脅かされて役人たちは震え上がった。上役たちは下役たちをなだめ、

「黙って通せ」

と命令した。その上役は、かつての血洗島の代官所で栄一と面識があった。あの時の栄一の態度を、この上役は支持していた。栄一のいうことにも一理あると思っていたのである。だから、逆に事を荒立てると、厄介なことになると判断した。

こうして栄一たち一行は、まるで凱旋将軍のように岡部の町を堂々と行進していった。

血洗島では両親が喜んだ。立派な武士となり、渋沢篤太夫と名乗る息子の姿を見て、父親はうれし涙をこぼした。母もそっと袂《たもと》を目に当てた。この母は、地域の人たちから、

「渋沢の観音様」

と呼ばれるほどの情の厚い女性であった。困った人たちにはどんどん食べ物や衣類を与えた。また、人々の嫌がる病気にかかった人もねんごろに看病した。時には、病人の膿《うみ》さえすすって出したこともある。

「あんなことは、およそ人間ではできない。渋沢様の奥様は、仏様のような方だ」

とみんな噂しあった。

しかしその仏様のような母親も、子供の頃の栄一には手こずった。やんちゃ坊主で、道々着物を脱ぎ捨てながら走りまわる栄一を、

「栄一、これを着なさい！」

といって、衣類を手にしながら子供の栄一を追いまわす母の姿を、近隣の人々は何度も目にしている。飾り気のない栄一への愛情が、いよいよこの母親の人望を高めた。その母が、立派な武士になって帰ってきた栄一の姿に、何ともいえない気持ちを涙にして表したのである。栄一も瞼《まぶた》を熱くした。そして、

「もう、二度とご心配をかけるようなことは致しません。おそれ多くも帝のまします王城の地を守り抜くために、いま一橋家の家臣として一所懸命努力しております。どうかご安心ください」

と殊勝な挨拶をした。

こうして首尾よく五十人の人々を集めた栄一は、喜作と共に再び京都に向かった。が、関東にいたこの時に、水戸天狗党《みとてんぐとう》の蜂起の話を聞いた。藤田東湖の息子小四郎《こしろう》や、水戸家の武田耕雲斎《たけだこううんさい》、そして田丸稲之右衛門《たまるいなのえもん》たちが首謀者となって、六十余の人間が筑波山《つくばさん》山頂で反乱の旗を掲げたのだ。天狗党は数カ月で、およそ七百人に膨れ上がった。水戸

家では、幕府に討伐応援の軍勢を求めた。幕府もこの反乱を重視して、すぐ関東近辺の諸藩に出兵を命じた。

栄一はそういう話を耳にしながら、京都への道を辿っていった。暗い気持ちになった。いまのかれは、すでにそういう反乱が成功するとは思っていなかった。怜悧《れいり》な栄一はこう考えていた。

「ただ反乱を起こすだけでは駄目だ。反乱を起こした後、たとえば水戸家の政権を自分の手にした時に、どういう政治を行なうかという見取図がなければ人々はついてこない。とくに、民衆や農民から浮き上がった反乱は、結局は宙に浮いた砂上の楼閣だ。必ずひっくり返る。天狗党もおそらくそうなるだろう」

この予測は当たる。栄一がこういう考えを持ったのは、やはり一般に時の流れとか、世論とかいわれるものの底で、別な流れ方をしている地下水脈を、しっかりと感じ取っていたからだ。その地下水脈こそが、本当に日本の世の中を変えていく力なのだ。

しかし、多くの人々はそれに気づいていない。うわべだけの世の中の流れや、世論の動向によって判断する。が、その多くが、後になって見ればかなり先見性を欠くものであったことを、人々は知る。ということは、やはりその先を見通す力を組み立てた情報が誤っていたということになる。情報にも正しい情報と正しくない情報がある。大袈裟《おおげさ》に伝えられる情報の多くは、石だ。玉ではない。ガセネタが多い。あるいは、ためにする情報が人為的につくられる。そういうものを鵜呑みにして、多くの人が自分の方向性を決めている。

「少なくとも俺がいる限り、一橋家では絶対にそんな誤った方向を歩くことはさせない」

栄一はそう思っていた。

しかし、そういうクールな地下水脈の流れを知る栄一にとっても、間もなく耳にした平岡円四郎の暗殺はこたえた。目の前が真っ暗になった。栄一にとっては平岡円四郎の存在は、単なる上役ではなかった。師でもあった。

「平岡様が殺されてしまった。果たして俺たちの生きる場が、これからの一橋家にあるのだろうか？」

中山道《なかせんどう》を辿りながら、栄一と喜作はそんな話をした。

「伝えによれば、平岡亡き後の一橋家の用人筆頭は、黒川嘉兵衛だという。黒川嘉兵衛は、優秀な人物ではあるが平岡円四郎ほどの器量はない。一まわり小さい。そうなると、一橋家の空気も変わってくる。変わる空気の中で、二人は果たして生きていけるのだろうか」

と不安を持った。

民衆を苦しめる武士への怒り

栄一と喜作が京都に戻ったのは、元治元年（一八六四）の九月半ばである。すでに、池田屋事変が起こっていた。そして、二人が帰った時は禁門の変が終わったばかりであった。

昨年、八・一八政変によって京都からたたき出された長州藩が、無実を叫んで京都に突入した。これを京都守護職である会津藩《あいづはん》と薩摩藩が手を組んで撃退した。もちろん、禁裏守衛総督の一橋慶喜は、防衛軍の総指揮をとって京都御所を守り抜いた。長州軍は敗退し、京都から再び落ちていった。しかし、その時の失火で京都は炎上し、夥しい災害を被った。

栄一は焼跡に立って憮然《ぶぜん》とした。そして、一時の激情にかられた暴挙がいかに罪のない民衆に災害をもたらし、苦しめるかを如実に味わった。かれの胸の中では、いよいよ勝手なまねをする武士階級に対する憎悪の念が噴き立った。

そしてさらに栄一は、関東に人を募りにいった時に聞いた天狗党が、今度は京都にやってくるという話を聞いた。幕府討伐軍と戦って敗れた天狗党は、遠く京都に向かい、水戸徳川家の出身である慶喜に、自分たちの志を述べ、協力してもらおうと考えたのだ。

天狗党千人余は、沿道の大名家から旅費を得つつ、中山道をどんどん上ってきた。そして、これを妨げようとする大名家の軍はたちまち突破された。多くの大名たちは、天狗党の勢いに恐れをなし、

「表の道を歩かれると、当家の面目が立たない。裏道を通ってくれるのなら、旅費を提供しよう」

と申し出る有様だった。そんな話を聞くたびに、栄一は胸の中を暗くした。しかしかれは、天狗党の謀略が成功するとは思わなかった。

禁裏守衛総督をつとめる慶喜の態度は強硬だった。かれは、

「私は、天狗党とは会わない。かれらが京都に入る前に鎮圧せよ」

といい放った。この意見が採用され、京都側にいた幕府軍も連合して、京都に入る前に天狗党を武力で鎮圧する構えを見せた。総指揮官の慶喜は、大津《おおつ》（滋賀県）まで出陣した。

栄一と喜作は、京都に戻ると、すぐ黒川嘉兵衛に呼ばれた。黒川は、

「君たちは、もともと一橋家の家臣でもないのに、今度のような大任を果たしてくれてまったくご苦労である。ついては、平岡殿が亡くなられて心細かろうが、私は私なりに、平岡殿の志を継いで、君たちを大事にするつもりだ。もし気持ちを改めて、平岡殿と同様に私に仕えてくれるのなら、どうかこのまま一橋家にいてもらいたい」

と頼んだ。平岡円四郎に対して一まわり小さいといわれる黒川だったが、この懇願は本気だった。というのは、黒川自身も、栄一の理財と家中経営の能力を、十分に認めていたからである。栄一は喜作と顔を見あわせてうなずき、

「仰せに従います。どうか今後ともよろしくお願い致します」

とお辞儀した。黒川は喜んだ。そしてすぐ二人の身分を進めた。

二人は御徒士《おかち》になった。給与も八石二人扶持になり、月々の手当ても六両に増額された。主たる仕事は御用談所を拠点に、各藩との交渉に当たることであった。

慶喜が大津に出陣したことに従って、その記録役として栄一も供をした。栄一の心の中は複雑だった。が、結果として天狗党への同情心はあまりなかった。

「かれらが京都に入る前に、討滅する」

という主人慶喜の強硬方針を支持していた。栄一は、慶喜の決定を正しいと思った。

「烈公と呼ばれた徳川斉昭様のご子息なのだから、一橋家の養子にはなられていても、慶喜公はおそらくわれわれの気持ちを理解してくださるだろう」

と当て込んでいた天狗党の思惑ははずれた。意外にも慶喜の態度が硬かったからである。天狗党にすれば、もし慶喜が理解を示してくれれば、そのまま天狗党は慶喜の傘下に入って、帝のための護衛軍に採用されるかも知れないという考えがあった。しかしこれは甘かった。京都の複雑な政治情勢のもとで、慶喜にそんなことができるはずがな

かった。徹底討滅の態度を露骨に示した慶喜に、もちろん天狗党内では文句をいう者もあった。

「慶喜公には、情というものがないのか。われわれを討滅するなどというのは、まるで子を殺す親のようなものだ」

と悲憤慷慨《ひふんこうがい》した。党のトップ層はいろいろ協議した。しかし結局のところ、

「主人筋に当たる慶喜公に刃向かうわけにはいかない。京都に入るのはあきらめよう」

ということになり、そのままUターンした。しかし関東には戻らず、北陸に向かった。

そして、元治元年十二月十七日、ついに加賀藩に降伏した。加賀藩では、八百人にも及ぶ天狗党員を全部敦賀《つるが》に監禁した。この時の監禁の状態はひどかった。ニシンを入れる蔵に、全員を追い込んだ。衣類をはぎ取り、まる裸にした。そして、蔵の中には、用便用の桶《おけ》をいくつか用意しただけだったという。食物もろくに与えなかった。人間扱いではない。この時の加賀藩の扱いは、後にいろいろと批判を呼ぶ。

幕府は、

「首謀者は処刑。ただ扇動されて反乱に加わった者は、追放の刑に処す」

と決定した。

翌元治二年二月四日から二十三日の二十日間にわたって、藤田小四郎、武田耕雲斎ら首謀者たちは、次々と浜辺に引き出されて首を落とされた。首を斬られたのは、三百五

十余人に及んだ。そして、残りの者はすべて流罪や追放処分になった。かなり厳しい処罰である。しかし、慶喜は、かつて家来筋に当たった連中が、そういう目に遭うのをじっと耐えて、見守った。

栄一も同じであった。しかし、栄一はこの陣に加わったといっても、毎日一橋軍の行動を日記に残す記録役であったので、それほど前面には出なかった。天狗党に同情する水戸藩士をはじめ、日本の尊王攘夷家たちがターゲットとして選んだのは用人の黒川嘉兵衛であった。

「先の平岡円四郎と同じように、黒川嘉兵衛が慶喜公を誤らせている」

こういう風評が流れた。そして、黒川嘉兵衛はやがて失脚する。黒川に代わって、一橋慶喜の用人に伸《の》し上がるのが原市之進である。しかし、この原市之進もやがて暗殺されてしまう。一橋慶喜のブレーンは、平岡円四郎・黒川嘉兵衛・原市之進の三人だった。

栄一は、一橋家の御用談所下役として、相変わらず京都の花街に出没し、他大名家の京都留守居役たちと親交を深めた。そしていろいろな情報を得た。

かれはかつて、

「薩摩藩は油断がならない」

と告げたが、この天狗党事件の時に、その言葉が決して間違っていないことを知った。

それは、かれがひそかに警戒の念を持ちはじめていた西郷吉之助が、腹心の中村半次郎

脳に、（のちの桐野利秋《きりのとしあき》）を、天狗党に派遣していたことだ。この時西郷は桐野から天狗党の首

「いっそのこと、薩摩に来て、われわれの仕事を助けてはくださらぬか」

と申し入れさせている。この話を聞いた時、栄一は西郷吉之助という人間の底知れぬ恐ろしさに身震いした。そして、

（薩摩藩は、やがては幕府を倒す側にまわるのではないか。そしてその時は、西郷吉之助が中心人物になるのではないか）

と思った。この予感も当たる。これがつまり、世の中で普通の人間たちが持つ潮流とは別な流れが、この世に存在しているということを、栄一がよく知っていたということだ。うわべの潮流とは別な流れである地下水脈が、実は本当に世の中を動かしているのだ。政治や社会の運動法則は、実をいえばこっちの地下水脈にある。しかし、それはあくまでも底の方でひっそりと流れ続けている。が、絶対に妥協はしない。自分なりの原則を持って流れ続ける。それを栄一は凝視していた。

西郷吉之助といえば、その頃京都御所に発砲した長州を征討する軍の参謀を命ぜられていた。だから、誰が考えても薩摩藩も西郷吉之助も、幕府に対して協力的な姿勢を率先して示しているように見える。が、栄一はそれを信じなかった。かれは、そういう表面上の潮流とは別に、地下水脈を凝視し、

「薩摩藩は、決してそんな存在ではない。西郷吉之助も、世上いわれているような人物ではない。もっとも恐ろしい存在だ。やがては、この恐ろしい西郷吉之助が、薩摩藩を牛耳るようになる。その時は、幕府は危機に陥る」

と考えていた。

だからといって、栄一は徳川幕府が倒れることを阻止しようなどとは思っていなかった。かれは、一橋家の家臣になる時に、平岡円四郎と慶喜に告げたように、

「徳川幕府をいったん解体して、有能な大名たちが連合して共和政体をつくるべきです」

という自分の言葉を信じていた。そういう世の中の到来を希望していた。その時になってはじめて、かれが苦しんできた身分制が崩れ落ちると思っていたからである。

水戸天狗党の反乱に対しては、栄一はどちらかといえばクールな対応をした。そのことは、栄一が水戸の出身でなく、また農民の出身であったことにも大きなかかわりがあるだろう。

かれは次第に、武士中心の論理で世の中が動かされていることに、腹を立てはじめていたに違いない。とくに、京都で御用談所の役人として、他所の大名家の武士たちと花街でつきあっているうちに、次第にかれは嫌悪感をおぼえはじめていた。本気で情報を集め、自分の属する家の方向を誤らせないためにしている武士もいたが、そうでない者もいた。

かれが最初京都に入って見た、いわゆる〝志士〟の中に、本物と偽物の二種類があったのと同じことだ。本物の志士は、確かに家族を忘れ、自分の命も捨てて、国のため、あるいは民衆のために何かしようと努力していた。が、そうでない者もいた。長州藩や薩摩藩からひそかに小遣いをもらって、いい加減な情報を集め、それを〝志士活動〟と唱える者もいた。そういう連中は、金に困ると京都の商人たちをゆすった。そして、

「徳川幕府が開国したために、諸物価が上がって民衆が困窮している。われわれは、その民衆を救うために活動している。おまえたちは、開国のおかげでボロ儲《もう》けをしている。少し利益をわれわれに渡せ。われわれはそれを活動資金にする」

といった。しかし実際には違った。いわゆる偽志士たちは、そういう金で花街に出入りし、酒と女に使い果たした。あるいは故郷に残した家族に仕送りをするというようないじましい者もいた。

栄一は、武蔵国の豪農の生まれだから、金に困ったことはない。そういう意味で、かれは本当の貧乏の味は知らない。金がなくなっても、何とかなるさというようなお坊ちゃん的気質がまったくなかったとはいえない。が、半面からいえばそれが栄一の強さでもあった。したがって、かれはどんな窮況に陥っても卑しい行為はしなかった。借りた金も、一橋家に仕えるとすぐ勤倹節約して返した。そういうけじめをつけていた。

かれが花街でつきあう他大名家の留守居役たちの中にも、日々、ただ遊び暮らしてい

れば事足れりとするような怠け者もたくさんいた。とくに地方出の武士の中には、京都の持つ魔力に負けて、酒と女に沈湎し、武士の本然《ほんぜん》を失ってしまうような者もいた。情報を集めたり、意見を交換するというのは口実であった。実際には地方にない華麗な花街での生活にすっかり慣れて、そこから出るのが嫌になっている武士もたくさんいた。堕落だ。栄一は改めて、

(平 清盛《たいらのきよもり》以来、多くの武士が京都に来て堕落したのは、こういうことだったのだな)

と思った。

そういう栄一からすれば、水戸天狗党の乱も、あるいは「武士の論理」に基づいた行動だと思えたのかも知れない。

「どこに民衆がいるのだ？　農民がいるのだ？」

という思いがあっただろう。

「自分たち武士の意地を貫くために、藩内が真っ二つに割れた。尊王攘夷と口にはしても、結局は武士同士の争いではないか」

栄一が凝視していた、現世の潮流や、世論とはかかわりなく、底の方を静かに流れている地下水脈というのはそういうことではなかっただろうか。つまり、「武士の論理」とは別な運動法則に目を向けていたのだ。それは運動法則というよりも、栄一にとってはむしろ「歴史の法則」だったに違いない。

栄一が見つめる歴史の法則とは、「主権」をどんどん下に下ろしていくというものだ。帝から武士へ、武士から民衆に下ろしていくのだ。やがては一般の庶民や農民が、主権者となって日本の政治を行なう時代が来るに違いない。また、そうならなければならない、そうさせるのが歴史の法則だ、と栄一は思っていた。

次第に御用談所の仕事が嫌になってきた。堕落したのは他大名家の武士たちだけではない。一橋家でも同じであった。たとえば、平岡円四郎の後を継いで用人筆頭になった黒川嘉兵衛も、よく花街に出入りした。かれは平岡のような筋が一本通っている人物ではなかった。そういう場所でうまくつきあうことが、一橋家のためになるという俗物根性も持っていた。そのため、他大名家の武士たちとつきあうだけでなく、一橋家の家臣たちにもよくご馳走《ちそう》をして慰労した。そういうことが好きで、

「黒川様はさすがに偉い」

とほめる者もいたが、栄一は苦い顔をしていた。そうなると敏感な黒川は栄一を誘う。ある時、鴨川《かもがわ》のほとりの酒亭に誘われていくと、やがて一人にされた。仲居が来て、

「渋沢様、こちらへどうぞ」

と別室へ連れていかれた。行燈《あんどん》の灯が暗い。布団が敷いてあった。

「何だ？」

というと、仲居は、

「まあ、おとぼけになって」

ホホホと掌《てのひら》を口に当てて去った。間もなく、遊女がやってきた。栄一は部屋を出た。遊女が追いすがったが、

「すまぬ。ちょっと用を思い出した」

と、遊女の顔を立てて店を出た。すると、後から、

「おい、待ってくれ、待ってくれ」

と、着物を脱ぎかけた黒川が慌てて追いかけてきた。栄一は黒川を睨みつけた。

「渋沢、堅いことをいうな。ふだん苦労かけているので、ちょっと慰労しようと思っただけだ。悪く思うな」

そう謝る黒川に、栄一は首を振った。

「黒川様のご好意はよくわかります。しかしいまは心に誓ったことがありますので、今日はこれで失礼します」

あくまでも黒川の顔をつぶさないようにしながら栄一は先に邸に戻った。黒川も懲りて二度と栄一を誘わなくなった。しかし、こんなことはすぐ漏れる。

「渋沢は偉い」

という評判が立つのと並行して、

「黒川は馬鹿だ」

という噂も流れた。黒川は閉口した。

親兵募集で実力を発揮

元治元年も多端な月日を終了し、翌年（一八六五）四月に年号は慶応と変わった。その年の二月、栄一は小十人《こじゅうにん》というポストに昇格した。給与も、十七石五人扶持になった。手当ては十三両二分と増額された。資格も「お目見《めみえ》以上」になった。つまり、いつでも主人の一橋慶喜に会って、意見がいえるような身分になったのだ。役職も御用談所下役から「出役《でやく》」に昇進した。しかし、仕事の内容は、相変わらず花街に出入りして他大名家の連中と馬鹿をいったり、情報を交換したりすることだ。そのことに嫌気をおぼえていた栄一はいろいろ考えた。

「いつまでもこんなことをしていても、世の中は変わらない。決してよくはならない。むしろ悪くなる」

では、どうするか。

（自分の主人慶喜様は、禁裏守衛総督だ。ところが、守衛総督というのは名ばかりで、肝心な兵士がまったくいない。一橋家の家臣は、わずか百人ほどの武士がいるだけで、いざ事が起こった場合には、ほとんど役に立たない。禁門の変の時もそうだった。あの時、実際に戦ったのは会津藩や薩摩藩などの大名家の軍勢だった。慶喜様は、守衛総督だから総指揮をとったが、自前の軍勢はほとんどなかった。これでは駄目だ。守衛総督というからには、自前の武士をもっとたくさん持たなければならない）

そう考えると、この前関東に出張して一橋家の家臣を集めたことが思い浮かばれた。

栄一は計画を立てた。

（一橋家の部下を募集するのではなく、帝と王城の地である京都を守るための兵士を募集しよう。それが、間接的にはいまのような各大名家の藩用族に、幾分かの反省を促すことになるだろう）

つまり、毎日ドンチャン騒ぎをやりながら、情報交換だの意見交換だのということを口実にして、遊び歩いている大名家の藩用族に、鉄槌《てっつい》を下そうと考えたのだ。それにはまず、一橋家から姿勢を正そう、ということだ。一橋家の姿勢を正すためには、ぐうたらな武士ばかりでなく、キチンと誠実な仕事をする兵士を育て、その兵士たちの厳しい生活ぶりから、堕落した武士たちに反省を促そうと企てたのだ。

前に平岡円四郎がいったように、もともと一橋家には自前の家臣というのは少ない。重役の多くは、徳川家から出向してきている。やがては、徳川家に戻る人間もいる。早くいえば、〝腰掛け〟的重役が多い。

（これでは駄目だ）

と栄一は考えた。そこでかれは、

(俺自身も、一橋家に根を生やそう)

と性根を据えたのである。一橋家の実力を増すためにまず考えたのが、慶喜が直接指揮をとる親兵《しんぺい》の増強であった。

そこで栄一は自分の考えを黒川嘉兵衛に告げた。栄一に一目おいている黒川は、一も二もなく賛成した。そして、

「お主に任せる。思うように、兵を募ってきてくれ」

といった。

兵を募るといっても、闇雲に募っても仕方がない。それは、やはり一橋家に属する軍隊なのだから、兵士の一人ひとりに一橋家に対する忠誠心がいる。かつて栄一は、関東に人を求めた時も、主として一橋家の領地で兵を募ることを目標にした。今度もそれでいこうと思った。

仕える家臣団が、徳川家からの出向者や、水戸家からの出向者などで編成されているように、一橋家の領地もバラバラだった。摂津(大阪府と兵庫県の一部)、和泉《いずみ》(大阪府)、播磨《はりま》(兵庫県)、備中《びっちゅう》(岡山県)それに関東地方の一部などというように、収入源があっちこっちに飛んでいた。栄一は考えた。

(摂津、和泉、播磨辺りは、ほとんど上方《かみがた》の情報が行き届いていて、住んでいる人たち

の生活習慣も上方のそれに近い。早くいえば、都会風になっている。兵士は、あまり都会感覚があると、惰弱になる。それでは駄目だ。むしろ、一番遠い備中に行って、素朴な人たちを求めよう）

栄一は慶喜から、「歩兵《ほへい》取立《とりたて》御用掛《ごようがかり》」という臨時の役職をもらった。元治二年二月末のことである。

京都を出てすぐ備中に行かずに、試しに大坂の代官所に寄ってみた。そして、募兵のことを話すと、大坂の代官はニコニコ笑いながらこういった。

「渋沢様のお考えはごもっともだと存じます。大坂近辺ではなかなか人が集まりません。備中の方で志願者が出たと聞けば、大坂の連中もきっと応募することでしょう」

暗に、上方では人は集まらないというのだ。いつの時代でも就職面では「売り手市場」「買い手市場」がある。需要と供給の関係はうまくいかない。人がほしいなと思うところには人が集まらず、あまり必要ないと思うところにどっと応募者が押し寄せることは、昔もいまも変わらない。

幕末の頃は世の中が激動していて、仕事はいくらもあった。より取り見取りだ。そうなると、地道な兵士の仕事などにはなかなか食指が動かない。いまの言葉でいえば〝三K（危険・汚い・きつい）〟に相当するような仕事は敬遠される。この頃も同じだった。

栄一は、自分では、

「京都近くの人間は、都会風な暮らしに慣れ、感覚がすれているから駄目だ。地方に限る」

と思ったが、応募する側からいえば、また別な論理を持っていたのである。そのことを、大坂の代官によって教えられた。自分が遠い備中に行って人を集めようと考えたことは、その意味でも正しいと、栄一は確信を持った。

三月初旬、栄一は備中に着いた。すでに、通告してあったので、代官所の役人や村役人が大勢迎えにきていた。代官所のあるのは井原村《いばらむら》というところだったが、かれらは板倉という宿場まで来ていた。そして、下にも置かぬ扱いでペコペコ頭を下げた。

栄一は警戒した。相手がこういう出方をする時は、必ず下心があるからだ。そういう人間の見方を、栄一はすでに身につけていた。

(これは油断がならない)

と感じた。

井原村に行くと、代官所で代官が出迎えた。

「ご苦労です」

ニコニコしながらそう挨拶した。栄一は、

「ご厄介になります。折り入ってお願いしたいことがあって出向いて参りました」

前置きし、募兵の依頼をした。代官はたちまち顔を歪《ゆが》めた。苦笑しながらこう応じた。

「そんな大事な役は、到底私にはつとまりません。明日、村の庄屋を全部呼び出しますから、あなたから直接伝えていただきたい」

（こいつ、逃げたな）

と思ったが、どうにもならない。大坂の代官が、

「先に備中から募兵なさった方がいいですよ」

といったのも、代官同士に共通する〝逃げ〟なのだ。だから、上も下も挙げて自分を歓迎するのだ、と栄一は感じた。代官と庄屋たちはこもごも、

「大切なお役は明日以降にして、今晩は盛大に歓迎会をさせていただきましょう」

といった。栄一は首を振った。

「せっかくですが、ちょっと疲れていますので、辞退させてください」

「そんなことをいっても、主役がいなくては、せっかくの歓迎会もできません」

「いや、私がいることにして、そこはどうにでもなるではありませんか」

目に意味を持たせてそういうと、代官たちは顔を見あわせた。はっきり、

（そうするか）

という色があった。姑息な連中だ。栄一は、京都での夜毎《よごと》の交流を思い出し、嫌な気がした。

代官が、自分では直接やらないというので、翌朝集まった庄屋たちに、自分がやって

きた目的を告げた。庄屋たちは顔を見あわせた。そして、

「いずれ、ご返事を申し上げます」

といいながら、ゾロゾロ出ていった。栄一は非常に頼りないものを感じた。

一日待ち、二日待ったが、応募者は一人もいなかった。庄屋たちに催促しても、

「いずれ」

といって逃げてしまう。いずれの一本やりだ。

(何かある)

栄一はそう感じた。誰かが邪魔をしているのだ。しかし、その邪魔者を退治したところで、募兵は決してうまくいかないだろうと考えた。栄一にはそういうところがある。本道でうまくいかない場合、その本道で対決するという方法はとらない。バイパスを選ぶ。バイパスで勝負し、本道の勝負にも決着をつける。バイパスで勝負するというのは、兵を募るという目的を棚上げにし、凍結してしまって、別な方法で事の解決をはかるということだ。栄一は考えた。

(おそらく庄屋たちは、俺という人間に疑いを持っているに違いない。つまり、どれだけの力があるか見当がつかないから、様子を見ているのだ。これには、やはり実力を見せなければ駄目だ)

実力を見せるというのはどういうことか。一つは学問の上でかなりの力があるという

ことを見せつけるということだ。もう一つは、武術にすぐれていなければならない。この面でも勝負に出る必要がある。そこで栄一は庄屋たちに聞いた。

「この近くに、学問の先生と剣術の先生がおられないか？」

「おります。学問の先生では、寺戸村《てらどむら》で興譲館《こうじようかん》という塾を開いていらっしゃる阪谷希《さかたにき》八郎《はちろう》先生がおられます。また、武術は関根という剣術の先生がおられます」

そこで栄一はまず自分で詩をつくり、酒を持って阪谷を訪ねた。物好きな連中がゾロゾロとついてきた。栄一は阪谷希八郎に礼を尽くし、自分のつくってきた詩を差し出して、

「先生のご添削をお願いしたい」

と申し出た。阪谷は栄一のつくった詩を読んで、

「立派なお作です。私のような田舎学者が手を入れるまでもありません」

といった。栄一は持ってきた酒を出してもらって、阪谷と一緒に呑みながら時世の話をした。阪谷もすぐれた学者で、自分の意見を述べた。こういう機会があまりなかったらしい。栄一と肝胆相照《かんたんあいて》らした。弟子や一緒についてきた連中が、感嘆の眼差《まなざ》しで二人を見比べた。互いに、

(京都から来たお役人は、ただ者ではないぞ)

と目配せしあった。

翌日、栄一は関根という剣術の先生を訪ねた。そして、

「一手、ご指南をいただきたい」

と申し込んだ。関根は、

（京都から来た軟弱なへなちょこ武士め、思い知らせてやろう）

と思い、すぐ応じた。しかし、たちまち栄一に打ち負かされた。が、カラッとした性格で、

「いや、これは参りました」

といさぎよく負けを認めた。ゾロゾロついてきた村の連中は目を見張った。噂はどんどん口コミで流れた。

こうして、学問の先生と武術の先生に自分の実力を示した栄一は、しかしそのままにはしなかった。今度はかれは、一席設けて阪谷と関根をその席に呼んだ。阪谷と関根だけでなく、その門人たちも呼んだ。酒を汲《く》み交わしながら、時世の話をした。阪谷は開国論者だった。この頃の栄一は、まだそこまで踏み切ってはいなかった。昔の攘夷論もかなり残っていた。論争になった。が、栄一は心の中で阪谷に感嘆した。

（野《や》に遺賢なしというが、やはり野に遺賢はいる。阪谷先生は、ひとかどの学者だ。地方学者を決して馬鹿にしてはならない）

と思った。阪谷もまた、そういう謙虚な渋沢栄一に感心した。そして、

「あなたのような方が、一橋家におられ、京都で活躍されているということは、われわれにとっても力強い限りです」

といった。まんざらお世辞でもなかった。おそらく阪谷は、備中という地方にいて、時世を慨嘆していたのに違いない。自分の胸にたまった意見を思いっ切り吐き、それにキチンと耳を傾けてくれた栄一に、感謝したのだ。

この地方には〝鯛網《たいあみ》〟という遊びがあった。船で海に出、海中に網を下げて、それを引っ張る。鯛は、海の下の方に行かずに上の方へ上がってくる。それを網を絞り込んで捕るのだ。捕れた鯛を船の中で料理し、酒を飲む遊びだ。

栄一はこの話を聞くと、早速それをやった。何隻も船が出て、談論風発した。栄一は、立ち上がって朗々と詩を吟じた。いい声だった。みんなやんやと囃《はや》し立てた。

ここまで地ならしをしておいて、栄一は再び庄屋を集めた。募兵の話をした。庄屋たちは当惑の表情で顔を見あわせながら、やがてこういうことをいった。

「あなた様のお話はよくわかりますが、実は事情がございます」

「事情とは何だ？」

「実を申せば、あなた様のお話で、ぜひ一橋家の軍勢に加わりたいという若者はたくさんおります。しかし、これを妨げている方がおります」

「誰だ？」

「お代官様でございます」

「代官が？　なぜだ？」

こういう時に、栄一はすぐカッとしない。反対者には反対者の論理がある。それを聞かないうちに、いきなりけしからん奴だと怒ってもはじまらない。問題の本質的な解決には結びつかない。一応、なぜ反対するのかを聞いてから、対応策を考えるというのが栄一の方法だった。庄屋は、

「どうか、お怒りにならないでください」

と前置きして語った。代官のいいわけというのは、

「一橋家も、近頃ではよそ者をしきりに抱えている。中には、出世や金目当ての山師も多い。渋沢という奴もどういう奴かよくわからない。聞くところによれば、武州《ぶしゅう》の農民の小倅《こせがれ》だという。家は何か商売をしているようだ。いってみれば、あいつは商人の息子だ。口がうまい。おそらく、備中の純朴な若者を集めて、手数料でももらうつもりだろう。そんな企てに決して応じてはならない」

「…………」

聞き終わって、栄一は腕を組んだ。

（やはり、そうだったのか）

と思い至った。邪魔者は代官だったのである。そこで栄一は、代官を説得しなければ

れる。こ

駄目だと考えた。庄屋と村民のところに行きつく前に、代官という関ができている。この関を突破しなければ駄目だ。しかし、これを力で突破するのは間違いだ。説得しなければならない。代官を納得させることが必要だ。

翌日栄一は代官を訪ねた。

「私もここに来て以来随分と努力しましたが、今日まで一人の応募者もありません。これには、三つ理由が考えられます。一つは、この村の若者たちが、王城を守衛する兵士の仕事をまったく嫌っていること、二つ目は、私の人選が間違っていること、三つ目は、代官であるあなたの日頃の訓育が悪いこと、です。果たして、そのいずれに理由があるのか、私には判断できません。ただ、この度私がこの村に参ったのは、あくまでも主人一橋慶喜様が、おそれ多くも禁裏守衛総督の役を仰せつかり、死を賭して王城を守護しようということにはじまっております。禁裏守衛総督の職を命ぜられながらも、残念ながら一橋家には、頼りになる兵がほとんどおりません。そこで、主人は、自前の兵を持って任務をまっとうすべく、この度私に募兵の役をお命じになったのです。単に一橋家だけでなく、おそれ多くも一天万乗の君のご意思もあらせられるこの度の募兵なので、もし、一人も応募者もなく、むなしく京都に帰るということになったのでは、私も申しわけが立ちません。そうなると、先ほど申し上げた三つの理由のうち、日常からの訓育が行き届いていないという理由で、あなたにも罪が及ぶでしょう。その辺は、しかと腹を据えてお考えいただきたい」

筋を通しながら、押しつけたのだ。代官は震え上がった。それに、すでに阪谷希八郎という学者とのやりとりと、剣術の先生である関根を打ち負かした事実で、栄一の名は轟《とどろ》きわたっている。いまの説得も、半端ではなく、本気だということがひしひしとわかった。すごい迫力だった。

代官は、降参した。そして、

「ご説ごもっともだと思います。微力ながら、今日から私も村民への説得につとめます」

といった。結果として、たちまち三百人余りの応募者が出てきた。大成功だった。栄一はしみじみと考えた。

（求める側と求められる側が、気持ちが一致していても、間に妨げる少数の壁があると、物事というのはうまくいかない。しかし、その壁を力ずくで壊すのは危険だ。あくまでも、説得し、納得させてその壁を取り除かなければ駄目なのだ）

備中で三百数十人の兵を集めた栄一は、これらの若者を連れて、帰り道である播磨、摂津、和泉の国をまわった。備中での噂は、たちまち伝えられていたので、これらの三つの国からも応募者が次々と出た。三つの国で、四百五十人以上の応募者があり、結局千人近い兵士を集めて、栄一は京都に戻ってきた。慶喜は満面に笑みを湛《たた》えて、栄一に感謝した。ほめ言葉と、銀五枚、さらに着物一重ねをくれた。栄一は大いに面目をほどこした。

かれは、京都に到着した兵士たちのために、紫野大徳寺《むらさきのだいとくじ》を借りてそこへ泊らせた。大徳寺の境内は広い。庭を練兵場にして、これらの兵士を訓練し、きちんとした組織にした。

ところが、たちまち次の問題が起こってきた。こんなに膨れ上がった軍隊を養うための金が必要になってきたことである。一橋家の財政は、決して豊かではなかったからだ。ここではじめて、栄一がかつて平岡円四郎から指摘された「理財の才」を示すことになる。つまり、一橋家の財政運営に積極的に乗り出すのだ。その意味では、この時の募兵と、その運営資金捻出の策は、明治以後の大実業家渋沢栄一を誕生させる大きなきっかけになった。

西郷との暗闘

大実業家の片鱗《へんりん》

栄一が、自分が募兵して集めた千人の兵士の給与や、生活費などの財源を調達するために、考え出したいくつかの方法は、必ずしもかれの独創ではない。ヒントがあった。そのヒントを与えたのは、意外にも井原村で知った阪谷希八郎という学者と、関根という剣術の先生だった。

二人とも口々に、

「強い兵を育てるためには、国の富を増さなければ駄目です」

といった。いまの言葉でなら、

「国の富を増すためには、生産物に付加価値を加え、高く売るような工夫をすることです」

といったのだ。これが栄一の脳の働きを活性化させた。栄一はこの話に非常に興味を示した。

「詳しく聞かせてください」

と二人に意見を求めた。二人がこもごも話したのは、

「一橋家は、あちこちに飛び地として領地を持っているが、そこの生産品を身にしみて販売していない」

ということであった。いってみれば、せっかくいい品物を産出しながらも、その価値に気づいていないということである。また、販売の責任者がいい加減で、その流通ルートが混乱し、同時にまたところどころで賄賂が贈られたり、取ったりしているというのだ。

一、領地内の生産品を再評価すること。

一、その生産品を、極力高い値で売る方法を考え出すこと。

一、流通ルートにたまったゴミを排除すること。

こういう基本方針を、二人の地域指導者の助言によって得た栄一は、これを基本にして改めて一橋家の領地の富について考えた。手はじめに、京都に近い近畿地方から中国

地方にかけての産物と、その販売方法を再検討した。その結果、次のような発見をした。

一、播磨と摂津では、一橋家の領地でもかなり上質の米がとれること。
一、播磨の国は、米だけではなく、白木綿も生産されていること。
一、備中では、硝石《しょうせき》をたくさん産すること。

さらにその販売方法が次のようになっていることを知った。

一、播磨と摂津の米の販売は、すべて兵庫の蔵役人に一任していること。
一、白木綿の販売ルートが確立されていないこと。
一、備中の硝石については、まったく手がつけられていないこと。そのため、備中では、民家の縁の下からでも、硝石が多量に採取できること。

この仕事に志して以来、栄一の心と体は、いままでになく活性化した。そして、実に生き生きとした。かれは御用談所出役として、日夜、他大名家の京都留守居役たちと酒を飲んだり、議論をしたりすることが嫌になっていたから、よけい張り切った。かれが考えたのは、

「京都の花街で、酒を飲みながらしゃべりあっている連中の説は、すべて空理空論だ。空理空論で世の中は変わらない。動かない。本当に必要なのは、実学であり実業なのだ」

ということだ。身近な一橋家の領地内で得られる産品に、付加価値を加えて、これを高く販売し、富を得ることができるならば、集めた兵士たちもどんどん強く育てることができる。装備も近代化することができる。栄一はそう考えた。一橋家に来て、はじめて自分の全力を傾けられる仕事を発見したのだ。そうしたきっかけをつくってくれたのは、備中の阪谷希八郎と、関根という二人の先生である。栄一は二人に感謝した。

栄一は、こういう実態を調べた後、どうすればいいかを考え出した。

一、上等米である播磨摂津の米の販売は、蔵役人の手から放させる。自分が直接乗り出して売る。売る相手は、一般ではなく地理的な位置からいっても、灘《なだ》や西宮《にしのみや》あたりの酒造家にする。これによっておそらく一割以上高くなるはずだ。

一、播磨で産する白木綿は、大坂で販売する。いままできちんとした販売ルートが設けられていなかった白木綿は、いってみれば宝の持ち腐れだった。大坂に販路を設けることによって、生産地でのモラールも上がるし、また地域も豊かになる。

一、備中の硝石については、直営の工場をつくり、大量生産に乗り出す。そして、的確な販売ルートを設立する。

　ここまで考えをまとめると、栄一はすぐ用人の黒川に意見を具申した。黒川は、

「大変結構な案だが、事が重大なので私の一存ではいかない。他の用人とも協議し、また主人にも申し上げて御裁可を仰ごう」

　ということになった。用人は数人いたが、その前で栄一は自分の考えを説明した。すでに、栄一の実力は嫌というほど知っているので、用人は一も二もなく賛成した。主人の慶喜も、

「よろしく頼む」

　といった。そこで、栄一は新しく「御勘定組頭」を命ぜられた。禄も二十五石七人扶持になった。手当ても二十一両に増えた。ただし、栄一の対人関係の幅の広さと、他人への説得能力のすばらしさは周知の事実なので、御用談所出役も兼任で、いままでどおりつとめてもらいたいということになった。栄一は承知した。

　御勘定組頭といっても、一橋家の財政の全責任を持たせられるわけではない。組頭は三人いたし、また上に奉行が二人いた。

（どうも、一橋家の組織は役人的で、わずらわしい）

　そんな気がした。そこで、組頭を命ぜられると、かれは詰所《つめしょ》に行って先輩に挨拶した。その時、

「この畳の目から前へ出ると、叱られますかな？」

とニコニコ笑いながらいった。先輩たちは頭を掻《か》いた。

「いやあ、渋沢さんの冗談はきついなあ」

みんな、好人物だった。とにかく、栄一が知恵をしぼって一橋家を豊かにしようと努力しているのだから、みんなも協力しなければいけないという気持ちで一致していた。これは、最初一橋家の家臣になり奥口番を命ぜられた時の、ポンコツ先輩の対応とはまったく違っていた。逆にいえば、栄一の位置が高まり、どっしりと重みを持ちはじめていたということだ。

実質的には勘定所の仕事の全責任を持ってもらいたいということになって、栄一も了承し、仕事にかかった。

まず米からはじめた。栄一は蔵役人に任せてあった売り払いの権限を自分のところに取り上げ、兵庫に行った。そして、蔵に納められていた米を、近くの酒造業者に公開して入札制をとった。酒造家たちは争って入札した。目論見《もくろみ》どおり、従来より一割ほど利益が多くなった。

備中へも行った。ここには直営の硝石製造所を四工場つくった。この硝石工場設立には、剣術の先生の関根が積極的に協力した。関根は面白い武術家で、硝石の製造方法にも詳しかった。栄一は、近隣の農民たちにも語りかけ、

「いい内職があるぞ」

といって、協力させた。硝石はいうまでもなく火薬の原料だ。国防問題については、徳川幕府だけでなく、各大名家も熱心だったので、販路の心配はない。飛ぶように売れる。栄一は、関根に感謝した。

播磨の白木綿についても、栄一は直接指導した。かれが指示したのは、

「生産地からは高く買え。そして、大坂に行って安く売れ。これが秘訣だ」

ということだ。普通なら反対のことをやる。生産地で安く買い、市場で高く売る。その逆をいこうというのだ。しかしこれが当たった。大坂では、仲買商人たちが一斉に一橋家の木綿に飛びついた。

こうして、栄一のいわゆる「三事業」は、スムーズに成功の道を辿った。が、ここで問題が起こった。それは、取引上使われる貨幣の問題だ。日本の貨幣は、関東では金、関西では銀である。金は、両・分《ぶ》・朱・文《もん》などという呼称で扱われる。銀では、匁《もんめ》とか貫という量で示される。だから現在でも、賃金と賃銀というような字が使われるが、これは金経済と銀経済の違いからきている。

しかし、いずれにしても、金や銀で貨幣がつくられているから、持ち運びが面倒だ。それに重い。そこで栄一は、

「もっと軽い、しかも信用取引のできるような特別な貨幣をつくる必要がある」

と考えた。かれが目をつけたのが「藩札」である。藩札というのは、いまでいえば都道府県市町村などが発行する起債のようなものだ。換金の価値はあるが、使える範囲が限られている。藩札というのは、その藩すなわち大名家の領地内か、あるいは取引関係でしか使えない。そして、求められれば当然正貨に換えなければならない。ということは、換金能力のある範囲でしか、藩札は発行できないということだ。幕府は、これを認めていた。そこで栄一は、

「産業活動が活発になってきたのだから、一橋家でも藩札を出しても差し支えなかろう」

と考えた。

しかし、この藩札発行には、さすがの黒川嘉兵衛をはじめ、用人たちや勘定所の役人たちが反対した。まず、

「いま各大名家が出している藩札は、信用度が薄い。危険だ」

という意見である。これはその通りだった。大名家で出している藩札の価値が下落すると、その事実を知った取引関係者は、藩札での取引を嫌がる。栄一はしかしこう説明した。

「それは、藩札発行者の方に換金能力がないからです。一橋家が発行する藩札は、求められれば、いつでも正貨に換えるという態度を保つべきです。そうすれば、一橋家の藩札に限っては、信用が増すでしょう」

栄一はさらに自分の考えを話した。

「一橋家の発行する藩札の信用度を保つためには、役所の整備が必要です。各生産地に、藩札引換役所をつくって、求められればいつでも正貨に換えるという姿勢を示すべきです。同時にまた、生産地には物産会所をつくって、この会所と藩札引換役所と連絡を密にすれば、生産者や仲買人たちも、一橋の藩札はよその大名家とは違うという印象を持つはずです」

みんな、目を丸くした。

（そこまで考えていたのか）

と感心した。結局、栄一の熱意溢《あふ》れる迫力がものをいって、一橋家は藩札発行に踏み切った。栄一は、言葉どおり各生産拠点に藩札引換役所をつくった。また生産物の集積地として、物産会所をつくった。これによって、かれがひそかに考えていた、

（一橋家の役所組織は古い）

ということを、見事に改革してしまったのである。

規模は小さかったが、この時渋沢栄一が行なった、

一、国産品を見直し、付加価値を加えてその値を高める。

一、販売ルートに改善を加え、流通ルート上のゴミを排除する。

一、藩札を発行する。
一、物と金の流れを明確化するために、藩札引換役所や物産会所などを新設する。

などの四事業は、その後明治になってからも、日本的規模で拡大される。いってみれば、明治の大財界人渋沢栄一の行なった事業の芽は、すべてこの時にあったといっていい。

こうして、平岡円四郎によって発見された「理財の才」をいかんなく発揮した栄一は、その後、さらに重大な場に引き出される。

今度は、財政関係の場ではなくて、文字どおり政治の場であった。それは、かれの仕える主人一橋慶喜の将軍職相続問題であった。

日本の進むべき道はいずれか

元治元年（一八六四）に、京都御所に突入した長州藩は、孝明《こうめい》天皇の命令によって討伐軍を差し向けられた。第一次長州征討だ。しかし、この時長州征討軍の参謀だった西郷吉之助の判断によって、長州藩には比較的軽い罰が与えられた。

西郷の方針は、

「長州藩の罪は、長州藩自身によって裁かせる」

ということだった。長州藩は、西郷の方針に従い、京都御所に突入した軍の指揮をとった三人の家老と、四人の参謀の首を切って差し出した。また、藩主父子に謝罪文を出させ、謹慎させせた。過激派と目されていた高杉晋作《たかすぎしんさく》や桂小五郎《かつらこごろう》（のちの木戸孝允《きどたかよし》）の引き渡しも求められたが、さすがに長州藩では、これに対しては、

「かれらはすでに死にました」

と嘘をついて渡さなかった。しかし、こういう処分によって、第一次長州征討軍はそれぞれの国に引き揚げた。

ところが、その後の調査によって、長州藩内の事情がまるっきり変わっていることがわかった。それは、指名手配していた高杉晋作が反乱を起こし、長州藩政府を乗っ取っていたことだ。幕府に屈伏した保守派が追われ、高杉と心を同じくする過激派が藩の政治を取り仕切っていた。藩の都も、萩《はぎ》から山口に移され、山口城がいよいよ強大につくられている。藩主父子も萩城を出て、ここに移っていた。また、高杉は武士だけでなく、農民や町民、あるいは商人、さらに漁師や僧にまで働きかけて、長州全土を挙げて藩軍を組織しはじめていた。この計画を実行していたのは、村田蔵六《むらたぞうろく》（大村益次郎《おおむらますじろう》）である。

「長州藩は、あくまでも幕府と戦う気だ」

という噂がしきりだった。そして、密偵の探索によれば、事もあろうに長州藩はいつ

の間にかいままで犬と猿の仲だった薩摩藩と軍事同盟を結んでいた。

このことが判明すると、幕府はいきり立った。再び長州征討軍が起こされた。そして、第十四代将軍徳川家茂《とくがわいえもち》が直接指揮をとるために大坂城に下り、戦争になった。しかし、四つの国境から攻め込んだ幕府軍は、四つの国境ですべて負けた。長州全土を挙げた藩軍の活躍はめざましかった。長州藩は、

「武士は役に立たない。本当に戦争に強いのは、農民や庶民だ」

ということを実証したのである。この話を聞いて、栄一の胸の中は複雑だった。かれは、はじめから農民の立場に立っている。武士が嫌いだ。士農工商の身分制も、頭の中では否定してきた。それを、こともあろうに幕府に盾ついた長州人が実行して見せたのである。

渋沢栄一は、自分がじっと凝視してきた、一般の世の中の潮流や世論とは別な地下水脈の流れが、正しかったことを改めて知った。世間でいわれる、〝世の中を変える運動法則〟よりも、ヒタヒタと静かに流れてきた〝地下水脈の運動法則〟の方が、はるかに強かったのである。栄一はしみじみと思った。

(この地下水脈の運動法則が、やがて日本を変えるだろう)

一次、二次にわたる長州征討のことで一橋家の代表として、栄一はしばしば薩摩藩の西郷吉之助に会った。西郷はこんなことをいった。

「第一次、第二次の長州征討ではっきりわかったことだが、もはや幕府の老中たちでは、日本の国事を扱うことはできない。とくに、外交問題でかれらは何の知識もないし、また腹もない。ただ周章狼狽《しゅうしょうろうばい》して、時間稼ぎをしているだけだ。こんなことでは、日本は滅びてしまう。そこで、たとえ幕府という形は残すにしても、老中に代わって賢侯数人による集団指導体制をとらなければ駄目だ。賢侯の合議によって、国事を進めるべきだ」

「賢侯とは、具体的に誰を指すのか？」

そう聞く栄一に、西郷は答えた。

「たとえば、一橋公、薩摩、長州、土佐、肥前などの藩主だ」

栄一には西郷のいうことがよくわかった。西郷は、死んだ薩摩藩主島津斉彬の愛弟子《まなでし》だった。西郷が若く、島津斉彬が生存していた頃、いま西郷が口にしている案が実現される寸前にあった。いわゆる「公武合体」という考えだ。公というのは天皇と公家《くげ》と京都朝廷のことである。武というのは、大名によって象徴される武士と、武家政権である幕府を指す。公武合体というのは、朝廷と幕府が一体となって、国事に当たろうということだ。

あの時も、西郷のいう賢侯ということが話題になった。大名はいま、譜代と外様にわけられて、譜代大名だけが幕府の要職につく。外様大名は、どんなに能力があっても、国政に参加することができない。その壁を取り除こうということだ。推進の先頭に立ったのは、これも若死にした老中阿部正弘だ。阿部正弘は島津斉彬と仲がよかった。阿部は開明的な大名だったから、開国政策をとった。同時に、国内体制としても、

「譜代だの外様だのという枠をなくして、挙国一致体制をつくらなければ駄目だ」

と考えていた。そしてこの時、挙国一致すなわち公武合体政策をとろうとした大名たちの間で、

「次の将軍は、この人がいい」

と目されたのが、実をいえば一橋慶喜であった。だから、この時この策が実現していれば、慶喜はとっくに第十四代将軍徳川慶喜となっていたはずだ。そして、かれの主導のもとに、賢侯といわれる有能な大名たちが政治に参画して、集団指導体制をとっていたはずである。老中制などは必然的に解消してしまったはずだ。それが、保守派の大老井伊直弼の台頭によって粉砕された。

井伊は、

「将軍の相続人は、能力よりも血が大事だ。能力は老中が補佐するから心配しなくていい」

といって、強引に和歌山藩主だった徳川慶福《とくがわよしとみ》（のち家茂）を十四代将軍にした。同時に、公武合体派を弾圧した。

西郷が改めて栄一に語った案は、いってみれば、西郷の主人島津斉彬たちが実現しようとして半ばで挫折した、当時の公武合体案のむし返しである。しかし、栄一は、この案の方が、いまの体制よりもよほどいいと感じていた。少なくとも、徳川幕府が守り続けてきた、譜代だの外様だのという関がはずされ、すぐれた意見や能力のある人々が、国政に参画できる機会ができるということはいいことだと思ったからだ。それが発展すれば、やがては武士だけでなく、農民や庶民でも政治に参加する道が開かれるに違いない。そういう展望と期待を栄一は持っていた。

第二次長州征討軍の総指揮をとった家茂は病弱だった。戦争最中《さなか》の慶応二年（一八六六）七月二十日に、かれは急死した。そうなると、相続人は誰にするかが大問題になった。そして再び、

「それは一橋慶喜以外いない」

ということになってきた。老中からも正式な要請が来た。

「ただちに徳川本家を相続し、将軍職についていただきたい」

ということである。慶喜は迷った。ブレーンの原市之進や黒川嘉兵衛、それに栄一たちを呼んで意見を聞いた。その頃の一橋家では、原市之進がメキメキ頭角を現し、いつの間にか黒川嘉兵衛を追い抜いていた。原市之進は、慶喜の父徳川斉昭のブレーンだった藤田東湖の親戚に当たる。学者だ。水戸家での人望も厚かった。頭も鋭いし、度胸も

ある。それが、処世術一方の黒川を追い抜いた。栄一も、原には一目置いていた。原の方も、栄一の才能を認めて尊重していた。

「渋沢君、遠慮しないで君の忌憚《きたん》のない意見をお上《かみ》(慶喜のこと)に申し上げてほしい」

といった。栄一は意見を持っていた。それは、西郷吉之助が口にしたものと同じだった。西郷がいったのは、確かに昔の公武合体派のむし返しだったが、それだけではなかった。西郷はこんなこともいった。

「この新しい公武合体策は、アメリカの共和制にも通ずるものです。アメリカの共和制のすぐれた点は、能力さえあれば出身や家柄がどうであろうと、必ず大切なポストに用いられるということだそうです。私は、このことを勝海舟《かつかいしゆう》先生から聞きました」

(勝海舟?)

西郷の口から勝の名が出て、栄一はビックリした。渋沢が西郷と会った頃、勝はすでに軍艦奉行の職をクビになっていた。勝海舟は、開明的な考えを持ち、常に、

「日本が国際社会で生き抜いていくためには、もっと海軍を強化しなければ駄目だ」

と主張していた。勝のいう海軍というのは、のちの日本海軍のようなものではない。国境のない海に乗り出して、外国と積極的に交際し、そのいいところを取り、日本のいいところを外国に押し出すという、いわば〝海運〟が主体になったものだ。戦争のための海軍ではない。しかし、一朝ことある時は、決断して日本に危害を加える国とは戦う

という覚悟を持つということだ。

　勝はそのために、将軍家茂に懇願して、神戸に海軍操練所をつくった。昔、勝自身が学んだ長崎操練所の神戸版である。ここでかれは、幕臣の子弟だけでなく、大名家の子弟も教育した。

「日本共有の海局の創設」が目的だった。日本共有の海局というからには、徳川幕府だけのものではない。大名が参加してもいい。あるいは、武士でなくてもいい。現実に、神戸海軍操練所には坂本龍馬《さかもとりようま》のような商人郷士《ごうし》の家に生まれた者や、饅頭屋《まんじゆうや》など商人の息子もいた。勝にすれば、

「志さえあれば、身分は問わない」

　ということであった。また、大名家も譜代であろうと外様であろうとそんなことは構わない。これもまた、志さえあればよかったのである。これは、幕末における一種の身分解放の組織をつくったということだ。同じような努力をした組織がもう一つある。新《しん》撰組《せんぐみ》のトップ近藤勇《こんどういさみ》や土方歳三《ひじかたとしぞう》は、新撰組の入隊資格を問わなかった。武士だけでなく、商人、農民、一般人あるいは僧まで入隊している。しかし、新撰組の場合は、

「もとがどんな身分であろうと、新撰組に一度入隊した者は全部武士として扱う。したがって、武士らしくない振る舞いをした場合には、切腹させる」

　という厳しい掟《おきて》を設けた。勝はそんな掟は設けなかった。操練所への入所も脱退も自

由である。ただ、この操練所から京都中を騒がせた池田屋の変や、禁門の変に、数人の学生が参加した。それも過激派として参加した。そのため幕府は怒った。同時にこの操練所は、もともと勝が将軍家茂に直訴してつくった強引なものだったから、幕府の重役たちはこれ幸いとばかり、すぐつぶしてしまった。もちろん、学長の勝もクビになった。

栄一は想像した。

(その段階で、勝殿は西郷さんに自分の幕府に対する不平不満や、幕府の最高機密を告げたのだな)

この予感は当たっていた。勝海舟は事実、元治元年九月十一日の夜、大坂で西郷にひそかに会った。西郷の方は、御所に突入した長州藩を征討するのに、一体幕府がどこまで腰を据えてやるのか見当がつかなかったので、幕府でも良識家だといわれている勝に、その意見を聞いたのだ。勝は、

「もはや、日本国内で長州を征討するのしないのという騒ぎはおやめなさい。そんなことより、有力な大名家が手を組んで、幕府などつぶすべきです」

といった。西郷はもちろんそこまでの話は栄一にしない。しかし、勝はそういい切った。そして、

「幕府は、ここまで腐敗しています」

と、その腐敗ぶりを事細かに告げた。西郷は、あの大目玉をさらに大きくしてあきれ

返った。幕臣の勝が、自分が属している幕府をつぶせというのだから、これはおかしい。西郷はしかしここで大きく開眼した。

（なるほど、そういう考えもあったのか）

いってみれば、勝の提案は第三の道だ。それまでの西郷には第一の道と第二の道しかなかった。死んだ主人の島津斉彬の志は、徳川幕府から外様大名として疎外されている薩摩藩が、力を持って、積極的に幕政に参加することだった。幕府を倒そうなどということは考えていない。そのために、「公武合体」という策を考え出した。幕府を牽制《けんせい》するために、朝廷を活用しようということだ。利用といっていい。だから西郷にすれば、その朝廷に弓を引いた長州藩をたたくことが先決で、これと手を組むなどという発想はまったくない。西郷に限らず、当時の日本人の誰もが、あれだけ乱暴なことをした長州藩と仲よくしようなどという考えは持っていない。それを勝は、

「手を組みなさい」

というのだ。その理由は、

「日本で内乱ばかり起こしていると、外国に乗じられる。日本も清国《しんこく》のようになってしまう。領土を奪われ、国民は奴隷のように外国人に使われる」

ということだ。また勝が実際にアメリカに行って見てきた「共和制」という制度は、やはり低い身分で苦労してきた西郷にとっては、大いに魅力のあるものだった。低い身

分の者が、国政のトップに立てるということは、何とも胸の躍る話だ。西郷はたちまち勝の話に飛びついた。

その夜、朝までかかって西郷は、鹿児島にいる親友の大久保利通《おおくぼとしみち》に手紙を書いた。その中で、

「これからの日本は共和制だ。共和制を実現するためには、薩摩藩などつぶれてもいい」

といい切っている。これは別な角度から、かつて長州の志士久坂玄瑞《くさかげんずい》が、土佐藩の志士たちに対して、

「これはいいすぎかも知れないが、天皇のためには、長州藩も土佐藩もない。両方ともつぶれてしまっていいのだ」

と書いているのと、半分は考え方を一《いっ》にしている。

久坂のいうのは、大名の本当の主人は天皇であって、徳川家ではない。徳川家も大名の一人ではないか、ということだ。すなわち、徳川家が大名に君臨しているけれど、その徳川家も天皇の家臣なのであって、その意味では他の大名と同列だということだ。だから、各大名はもっと自信を持って徳川家と対さなければ駄目だということである。

この辺の考えがないまぜになって、西郷は西郷なりに自分の意見としてまとめ、一橋家の重鎮に変わりつつあった栄一に、その意見を告げたのである。

慶喜の真の黒幕

もともと武士階級に対して憎悪の念を持ってきた栄一は、武士階級がなくなることや、徳川幕府がなくなることなど何とも思わなかった。大名もなくなってもいい。栄一はいった。

「おそれながら、これからの日本の国家は、有能な大名方の協議によって国政が行なわれるべきだと存じます。そして、その大名会議の議長をおつとめになるのは、はばかりながら一橋慶喜公だと考えております。すでに、瓦解の道を辿りはじめている幕府のために、火中の栗《くり》を拾う将軍家などには、決しておなりになるべきではありません」

聞いていた慶喜は、原市之進と顔を見あわせた。目にありありと驚きの色があった。

(この男は、何という思い切ったことをいうのだ)

と感じていた。原市之進が苦笑していった。

「渋沢君、君は世にも恐ろしいことを、まるで仏様のような口調で話すではないか」

そういわれて栄一はニコニコ笑った。これは、かれが生涯保った話法だ。決して声を荒らげたり、激しい調子で話さない。ソフトで、あくまでも相手を説得しようという調子で話す。言葉遣いも平明でわかりやすかった。原市之進のいうように、この時栄一が告げた意見は大変なことだ。考えようによっては、徳川幕府への反逆と見られても仕方がない。

しかし、栄一には信念があった。それは、すでに薩摩藩のような外様大名家においてでさえ、西郷吉之助のような考えを持つ人物が出てきている。他にもいるだろう。そうなると、すでに一個人の意見ではなく、そういう世論がつくられつつあると見ていい。それが、栄一がずっと見つめてきた、例の〝地下水脈の法則〟だ。うわべの潮流や世論を越えて、次第に地下水脈の法則が上層部に上がってきたのだ。これは無視できない。そして、その地下水脈の法則に従うことが、一橋家を誤らせない活路なのだと考えた。しかし、

「日本に共和制を導入して、有力な大名連合をつくり、その議長に一橋慶喜が就任すべきだ」

という意見は、慶喜と原市之進に大きな関心を持たせた。

現状は閉塞状況だ。打開するのには二つの道しか考えられない。それは、あくまでも幕府の権威を強めて、たとえば長州藩を徹底的にたたくことだ。もう一つは、朝廷の支配下に入ってしまうことだ。天皇に忠節な徳川家になり代わることである。が、そのどちらも割り切れないものがある。

栄一が示した意見は、第三の道だ。西郷の考えている〝共和制〟を利用することだ。

西郷の場合は、ああいうことをいっているけれども、実際には薩摩藩がイニシアティブを取ろうとしている。それを、栄一は逆に、徳川家の縁者である慶喜に主導権を握らせようということだ。ここが根本的に違う。その意図を慶喜や原市之進は見抜いたのだ。

「なかなか面白い案だ」

慶喜が呟《つぶや》いた。栄一はいった。

「もう一つございます」

「何だね？」

脇から市之進が声を添える。

「私は、一橋家でご厄介になる時に、決して自分を安売りしないと心に誓いました。その誓いを、寛大な慶喜公や、ご重職方が受け入れてくださいました。一橋家にはそういう器量がございます。しかし、徳川幕府や、徳川家の縁者たちにそういう器量があるとは思いません。いま、慶喜様がすぐ将軍職をご承認なされば、それはかつての経緯もあって、慶喜様がいかにも将軍になりたくておなりになったような印象を受けます。これは得策ではありません。ご自身を安売りすることになります」

「安売り？」

俗な言葉なので、慶喜は耳を立てた。しかし、慶喜は結構そういう俗語を知っている。かれの愛妾《あいしょう》の一人に、江戸の侠客《きょうかく》新門辰五郎《しんもんたつごろう》の娘がいた。辰五郎は、浅草寺にできた新しい門の管理を任されていたので、〝新門〟という呼び名をもらった。上野寛永寺は浅草の浅草寺も管理下においていたので、新門辰五郎はそっちの方も任されていた。この流れは現在も続いている。有名な〝三社祭〟を、陰で取り仕切っているのは、実は新門一家だ。

この新門辰五郎を慶喜は愛していた。このときも京都に来ていた。娘の面倒を見るためだといっているが、実はそうではない。辰五郎は律儀な男だ。

「いまのお侍さんは役に立たねえ。いざという時は、新門一家が殿様をお守りするんだ」

と公言している。だから、子分たちにも毎日剣術の稽古をさせていた。そういう気っぷのいい男だ。

この新門辰五郎から、慶喜はいろいろな俗語を聞いていた。だから、栄一がいった〝安売り〟の意味もすぐ理解した。慶喜は笑った。

「なるほど、安売りをしてはいけないか。そのとおりだな」

原が脇から声を添えた。

「では、お上を安売りしないためには、どうすればいいのだ？」

「どうしてもということでございましたら、まず、徳川本家だけはご相続なさいませ」

「何！」

目を立てる慶喜と原市之進に、栄一は言葉を続けた。

「しかし、絶対に将軍職を引き受けてはなりません」

「しかし、徳川宗家を相続するということは、そのまま将軍職を相続することになるではないか。いままで、歴代の将軍はすべてそうしてきた」

「だからこそ、それを改めようということでございます。まず、お上が徳川本家に伝えるべきは、本家は相続しても、将軍職は相続しないということをはっきり示すことでございます。そしてしばらく時を待ち、徳川一門や日本の全大名の間から、どうしてもお上に将軍になっていただきたいという声が湧き起こった時、改めて考えるということにしてはいかがでしょうか」

「…………」

これもまた、〝第三の道〟だ。いままでは、第一と第二の道しかなかった。第一の道というのは、徳川家を相続すると同時に、将軍職も引き受けるということだ。第二の道というのは、両方断るということである。栄一は、それをミックスした。第一の道から、徳川本家の相続だけを承諾し、将軍になることは断る。ということは、第二の道の一部を実行するということだ。第二の道では、本家の相続人も将軍職も断ってしまうことだが、その半分は承知するということである。慶喜は原市之進と顔を見あわせた。目で語りあった。

(この案は面白いぞ)

(私もそう思います)

無言の二人の会話は、栄一にもよくわかった。

この時の栄一の意見というのは、深い考えに基づいている。それは、いま風の言葉を使えば、

「選ばれる者の義務というのは、選ばれる者にだけあるのではない。選ぶ側にもあるのだ。したがって、選ばれる者に義務を求めるのならば、選ぶ者も自分の義務を果たすべきだ」

ということだ。つまり、

「誰が次の将軍になるか」

という問題は、いままで選ぶ側の論理だけで動いてきた。つまり、選ばれる人間には意思は持てない。選ぶ側の論理がすべてを支配する。選ぶ側の意向によって、選ばれる側は終始すべきだということが罷り通っていた。ということは、選ぶ側だけが強くて、選ばれる側は弱いということだ。

それを、栄一は改めようというのである。選ばれる側も、自分の意思を通すべきだということだ。これは、これまでの常識では考えられないことだ。というのは、将軍というのは、日本でただ一人の存在だから、誰もがなりたがっているという前提があった。

しかし栄一はそうは考えない。

「いまのような難しい時期に、将軍になるということは決していい話ではない。むしろ、危険負担が大きい。それをあえてなるというのには、選ぶ側がよほど腹を据えて、自分たちが選んだ人物を支持し、協力するという姿勢を示さなければ駄目だ。そのためには選ばれる側も、自分の責任を果たすことを告げるだけでなく、選んだ側も、支持協力という責任を明らかにする姿勢を示してほしい、ということを求めるべきだ」

ということだ。ここまで書けば、すぐ私たちは有名なあのジョン・F・ケネディが大統領に就任した時にいった言葉を思い浮かべるだろう。

「国民は、国家が何を為《な》すかだけでなく、国家に対して何を為し得るかも考えてほしい」

つまり、自分が大統領として選ばれたから、大統領の責務は果たす。しかし、私を選んだみなさんは、私に求めるだけでは困る。自分たちも、アメリカ国家に対して何ができるのか、ということも合わせて考えてもらいたいのだ、ということである。これは明らかに、

「国民の権利と義務」

を明確化したものだ。選挙という洗礼によって選ばれる政治家は、選挙民に対して弱い。卑屈になる。そのいうことはすべて受け入れようとする。だから、公約ができもしないことまで含むようになる。それをケネディはキチッとけじめをつけたのだ。

「権利だけを主張されたのでは困る。義務も果たしてもらいたい」

と突っ放したのだ。これが受けた。

栄一が慶喜にいったことは、このことと同じだ。栄一も、

「誰を次の将軍にするか」

という問題で、〝選ぶ側〟のわがままや、勝手な論理に腹を立てていた。自分たちが選んだくせに、何か起これば、すぐ背を向けてしまう。

「自分は知らないよ」

という態度をとる。そんなことでは困るのだ。したがって、ギリギリの段階までねばりにねばって、承知しない方がいい。そして、どうしてもという声が日本全国に起これば、それは栄一がいま進言した「大名連合」の「議長」の資格を、慶喜が得ることになる。栄一が考えている徳川本家の相続人と征夷大将軍《せいいたいしょうぐん》というポストは、すでにそういう風に変質されていた。

かれがここで、取りあえず徳川本家の相続人になれとか、あるいは、日本中にそういう声が起こったら、将軍になってもいいというのは、何もいままでどおりの徳川家の相続人や将軍になれということではない。あくまでも、有力な大名連合の議長をつとめる存在になってほしいということである。

慶喜も市之進も栄一のいうことをよく理解した。そして、いま慶喜の取り得る道は、

この第三の道以外ないと考えた。つまり、西郷隆盛がひそかに長州藩と連合し、徳川幕府を倒して雄藩連合による共和政体を実現し、そのイニシアティブを薩摩藩が取ろうという野望に対し、これを牽制しようということだ。「そうはさせない。その雄藩会議のイニシアティブを取るのは、あくまでも徳川一門の一橋家だ」ということを実行しようというわけだ。

のちにこのことは実現される。すなわち大政奉還《たいせいほうかん》だ。将軍になった一橋慶喜（徳川慶喜）が、天皇に大政を奉還して大名会議をつくる。そして、その大名会議の議長に慶喜が就任しかけた。ほとんど実現しそうになった。

これをたたきつぶしたのが西郷隆盛だ。さすがに西郷は栄一の野望を知っていた。

「そんなことをさせては、徳川慶喜が徳川家康の再来になる」

そう考えた西郷は、江戸で浪人を組織して、乱暴狼藉《らんぼうろうぜき》の限りを尽くさせた。御用盗と称するこの集団は、強盗、殺人まで起こして江戸の町を荒らしまわった。怒った幕府は、ついに薩長軍に対して宣戦を布告した。鳥羽伏見《とばふしみ》の戦いが起こり、西郷の作戦が成功する。栄一のせっかくの案は、挫折した。

しかし、のちのことは別にして、栄一のこの時の意見は、大きく慶喜の心を動かした。その意味では、慶喜の本当の黒幕は栄一だといっていい。

ところが、黒川嘉兵衛、あるいは原市之進たちは、

「かれらが、一橋慶喜の黒幕だ」

といわれたにもかかわらず、栄一に限っては、

「あいつが一橋慶喜の黒幕だ」

といわれたことはあまりない。なぜだろうか。

これは、栄一の人柄にもよった。つまり、円満で、あまり敵をつくらないかれは、それだけで相手に警戒心を持たせなかった。つまり、頭はいいけれど、好人物だというようなイメージを持たれていたのではなかろうか。

頭の鋭さを、鋭い姿勢で示さなかった。そのため、敵もできないし、逆にいえば、多少安心したつきあいができたのだ。だから、情報もどんどん入ってくる。それを、栄一は胸の奥底にしまった。そして、発酵させる。時を急いで利用するようなことはしない。世の中の表面の潮流や世論によって、かれは軽挙妄動しなかった。地下水脈の法則を、じっと凝視し続けていたのである。

そしてもう一つは、本来なら命を狙われたかも知れないかれは、肝心な時期になると、その「危険な現場」にいなかったということだ。

幕末もギリギリになった時期、かれは突然、フランス行きを命ぜられた。

幕府倒壊

胸を打った近藤勇の言葉

第十四代将軍徳川家茂が急死したのは、慶応二年（一八六六）七月二十日のことだった。その直後、慶喜は、栄一らの意見によって徳川本家の相続人を承諾した。しかし、将軍職は引き受けなかった。慶喜が将軍職を引き受けたのは、その年の十二月のことだ。半年も時間を置いた。それは栄一の意見によった。

その慶応二年十一月になって、幕府は、新しく将軍になった慶喜の弟昭武《あきたけ》を代表として、パリで行なわれる万国博覧会に出張させることになった。この供に、栄一が選ばれたのだ。一行の経理を主宰するということだ。理財の才能のある栄一にとって、恰好の任務であった。

そのため、慶喜が将軍になった直後、栄一は徳川昭武の供をしてパリへ向かった。しかし、それにしてもなぜ、徳川幕府は急に、徳川昭武をパリに出向かせようとしたのだろうか。パリ万国博覧会に参加しようとしたのだろうか。

この頃、列強の日本に対する関心と支持は真っ二つにわかれていた。一つは、

「日本の外交権は、一体徳川幕府にあるのか、京都の天皇にあるのか」

ということが、外国間で論議されたことだ。

それまでの列強は、日本の外交権は、徳川幕府にあることを疑わなかった。しかし、ペリーの来航以来、徳川幕府はしばしば京都の天皇にそのことを報告したり、あるいは意見を求めるだけでなく、しまいには「許可」を求めた。国を開き、外国と条約を結ぶ前に、

「この条約を結んでよろしいか?」

と照会している。そうなると、外国の方では疑問を持つ。

「外交権を持っているといいながら、いちいち京都の天皇に許可を求めているというのは、京都の天皇の方に外交権があるということではないのか。徳川幕府は、京都朝廷の風下に立っているのか」

という疑念が湧き出した。そして、敏感にこの事実を受け止め、

「日本の外交権は、天皇にあるのだ」

といい出したのがイギリスだ。公使のパークスが積極的にこの論を唱えた。かれは、

そのために、徳川幕府から見ると依然として警戒心を捨てることのできない、雄藩の薩摩藩や長州藩に接近した。パークスは、公使館員のアーネスト・サトーや、武器商人グラバーなどを使いながら、この考えを推し進めていった。

アーネスト・サトーは、べらんめえ調で日本語をしゃべるほどの日本通だ。グラバーもまた、日本の女性を愛人にするような日本通だ。グラバーは長崎に商会を設けていた。

薩摩藩と長州藩は、坂本龍馬の海援隊を仲介者にしながら、グラバーやサトーに接近した。そして、

「天皇を主権者として、その下に実力のある大名が集まる」

という構想を実現しにかかった。西郷隆盛が策していた「共和制」を、天皇のもとに行なおうということだ。

「外国と条約を結ぶのに、いちいち天皇の許可を求めるような徳川幕府には外交権はない。日本の外交権は、天皇にある」

と主張するパークスの理論を、そのまま国内で示そうということである。

これに対して、

「いや、日本外交権は、依然として徳川幕府にある。それを奪おうとしたり、あるいは別な論を立てて混乱を起こしているのが、薩摩藩であり長州藩である。幕府が開かれて以来、外交権は徳川幕府が行使してきた。元の正しい姿に戻すべきだ」

と主張したのが、フランス公使のロッシュだ。ロッシュは、パークスへの対抗上、そういう立場を取った。したがって、フランスは幕府に肩入れした。いろいろ必要な資金や技術を与えた。同時に、徳川幕府の組織や、とくに軍隊組織の近代化をはかった。惜しみなく、フランスから優秀な将校を連れてきて、幕臣を教育させた。そのため徳川幕府の軍隊は、どんどんフランス流に改善されていった。慶喜が西洋の軍服を着て馬に乗っている写真が残っているが、あれはフランスのナポレオン三世からもらった服をかれが着たものだ。

この間の工作を積極的に推し進めたのが、幕府の勘定奉行小栗上野介《おぐりこうずけのすけ》である。勘定奉行というのはいまの大蔵大臣だ。小栗は、フランス側の好意を全面的に受け入れた。かれは、第二次長州征討の際にも、

「北海道を担保にして、フランスから六百万ドルの借款《しゃっかん》をすべきだ」

と唱えた。これはさすがに国辱《こくじょく》行為だということで実現しなかった。しかし、小栗は積極的にフランスから新しい軍事知識や技術指導を得た。横須賀《よこすか》につくった造船所はその典型的なものである。小栗はさらに、フランスと組んで神戸に株式会社をつくろうとしていた。これには、日本側の神戸近辺の商人もかなり参加しかけた。とくに、酒造家で参加の意思を表明した商人が何人もいた。

そういえば、勝海舟が神戸につくった海軍操練所の建設資金も、かなり近隣の商人た

ちが出している。徳川幕府の金だけで海軍操練所はできたわけではない。だからこそ、勝の発言権も強かったのだ。つまり、

「操練所をつくる許可はもらったけれど、建設資金のほとんどは、俺が自前で調達したのだ。金を出してくれたのは、越前の松平家や、灘の商人たちだ」

そういう気概が勝にあった。そのため、幕府重役の勝に対する憎しみはいよいよ強くなった。

「金の世話になっていないのだから、いいたいことをいうぞ」

という勝の態度が小憎らしかったのだ。

パリで万国博覧会を開くことにした主催者のフランス政府は、日本にも参加を呼びかけた。そこで幕府は、徳川幕府が出品するという形で大名や商人や生産者たちに働きかけて、いろいろな品物を展示した。

このパリ万国博覧会に参加していたため、栄一は命を拾ったといっていい。もし、あのまま日本に残って慶喜のブレーンをつとめていたら、

「大政奉還だの、大名連合だのという、とんでもない知恵を徳川慶喜につけているのは、渋沢栄一だ」

ということになったに違いない。原市之進も、

「あいつは水戸出身者でありながら、開国論を唱えるけしからん奴だ」

ということで殺されてしまっていた。栄一も同じだ。栄一自身は、心の底にはどうもまだ攘夷論を持っていたようだが、考えていることとやっていることはまったく別だ。ましてや、徳川幕府の屋台骨を引っくり返そうなどというとんでもない考えを持っていたのだから、当然反対派からは狙われる。もし、パリの万国博覧会に行かなかったら、栄一も暗殺されてしまったかも知れない。かれはたまたまこの、〝危険な現場〟から身を遠ざけていたために助かったのである。

一橋慶喜が徳川慶喜と名を変え、さらに半年後将軍の職についた時、栄一の身分も変わった。つまり、いままでは一橋家の家臣であった者が、今度は正式に徳川幕府の家臣になったのである。幕臣になった。

この時、栄一は悩んだ。ずっと一緒にいる喜作と額を寄せて相談した。

「どうも割り切れない」

「俺もそうだ。一橋家は、天下の有志を広く採用するという評判が高かったから、俺たちのような不完全燃焼の思想を持つ人間も、何とか生き抜いてこられた。しかし、慶喜様がはっきり将軍になった以上、俺たちも自動的に徳川幕府の家臣になってしまう。これは、どうみても、かつての同志たちから批判・非難されてもやむを得ない。ちょっと憂鬱だな」

「いっそ辞任するか」

「しかしせっかくいままで得た場を、みすみす失うのも残念だ」

「どうしよう」

「そうだな」

栄一は腕を組んだ。やがて喜作にいった。

「ここで、いったん死のう」

「死ぬ？　腹を切るのか？」

「そうじゃない」

栄一は喜作を見つめた。

「死んだ気になるのだ。過去の渋沢栄一も、喜作も今日死ぬ。そして改めて生まれる。改めて生まれた人間は、あくまでも慶喜様に尽くし抜くのだ」

「それは詭弁《きべん》だ。他人は信用しないぞ」

「他人が信用するかしないかは、俺たちのこれからの生き方次第にかかっている。意思を貫こう。当面の俺たちの目的は、慶喜様を軸にして、強力な共和政府をつくることだ。もし、それが実現できない場合には、本当に死ねばいいではないか」

「なるほど」

喜作のいうように、一部は確かに詭弁だ。しかし、これを詭弁と考えてしつこくかかわらなかったのは、やはり栄一が根っからの武士ではなかったからだろう。武士だったら、この辺にこだわりを持ったのだろうが、栄一にはそんなところはなかった。状況に応じて自分を変えていくだけの柔軟性を持っていた。

かれらは一橋家の家臣から正式に徳川幕府の家臣になった。

フランスに行く直前、面白いことに、栄一は、新撰組の局長近藤勇と親しくなっている。大沢という国事犯がいて、京都の禁裏守衛総督の軍にまぎれ込んでいた。これが発覚して幕府から、

「大沢を捕縛して差し出せ」

という命令が来た。

「誰が、大沢を捕えにいくか」

ということになり、栄一に白羽の矢が立てられた。ただ、実際の捕縛は新撰組に行なわせようということになった。近藤勇が直々に数人の隊士を引き連れてやってきた。近藤は栄一にいった。

「あなたは、こういう仕事に慣れておいでではないだろうから、われわれが踏み込んで大沢を捕えます。その上で、あなたが大沢に宣告をなさるがよい」

栄一は抗議した。

「そんなことはできません。私がまず大沢に対して、罪状を告げ、捕縛のことを達してから、大沢を捕えてください」

「しかし、そんなことをしている間に、もし大沢が斬りかかってきたら、あなたは、命が危くなりますぞ」

「はばかりながら、私には多少の心得はあります。私が正使であって、あなた方はそれを助ける補佐だ。どうか、私のいい分を通していただきたい」

「………」

近藤勇はニヤリと笑った。目で、

(あなたは相当に頑固だな)

といっていた。栄一も笑い返した。しかし、笑うとひどく愛嬌《あいきょう》のある近藤勇に好感を持った。なぜこの男が、壬生《みぶ》の狼だとか、人斬り狼だとかいわれているのか、ちょっとわからなくなった。

大沢のところに行った栄一は、平然と大沢に罪を告げ、

「君を捕縛する」

と告げた。大沢は神妙に刀を差し出して、抵抗しなかった。新撰組が縄をかけるのに任せた。

この一件以来、栄一は近藤勇と仲よくなった。しばしば歓談した。そして、近藤の方針が、

「新撰組では入隊する隊士の資格を問いません。武士に限らず、庶民でも農民でも商人

でも構いません。が、いったん入隊した以上は全員を武士として扱います。したがって、武士らしくない振る舞いをした時は全部腹を切らせます」

だという話を聞いた。士農工商の身分制がまだ残っている時期に、農工商三民を全部武士にするということは、一種の身分解放かも知れない。しかし、そういう心構えを欠いた時は、全部殺すというのは少し酷すぎるのではないか、と栄一は思った。が、そこまで思い切ったことをやっている近藤勇には、ある種の感動をおぼえた。

というのは、その頃の幕臣はもうガタガタで、忠誠心のかけらなどなかった。にもかかわらず、一介の多摩地方の農民の子である近藤が先頭に立って、あくまでも徳川家に忠節を尽くそうという態度に胸を打たれたのだ。近藤はいった。

「誤解されては困ります。われわれ新撰組が忠節を尽くそうというのは、徳川家です。決して徳川幕府ではありません」

「？」

栄一は驚いて近藤の顔を見た。忠節を尽くす対象は徳川家であって、徳川幕府ではないといういい方が面白かったからだ。なるほどと思った。自分のいまの立場もそうだ。自分は、あくまでも一橋家に忠節を尽くすと思っているのであって、徳川幕府に忠節を尽くしているのではない。だから、あれほど慶喜が徳川将軍家になるのに反対し、また自分たちもそのまま幕臣に組み込まれることにわだかまりを感じたのだ。それを、近藤は明快に割り切っていた。

新撰組という組織は、徳川家、すなわち将軍個人に対して忠節を尽くす集団であって、幕府に義理を立てたものではないといい切るのだ。

(よし、俺もこれでいこう)

栄一はそう思った。そうなると、心の中が軽くなった。パリに行くのも、徳川昭武という慶喜の弟に忠節を尽くすのであって、徳川幕府が派遣する使節団に忠節を尽くすわけではない。

このことは、パリに行ってほしいという話を告げた原市之進からも、懇々といわれていた。原はまだこの頃生きていた。

「かつて、尊王攘夷論の震源地であった水戸家に縁《ゆかり》を持つ昭武公が、フランスに行って、開国の実を上げるなどと聞けば、過激な水戸藩士たちが何をするかわからない。そこで、君に一行の経理の仕事を頼むというのはうわべのことで、もちろんそれもやってもらわなければならないが、それだけではない。どうか昭武公の身辺を、昼となく夜となく守ってもらいたいのだ。頼む」

この一言で、栄一のもやもやは全部消えた。

(よし、おれは命を賭して昭武公を守り抜こう)

計画によれば、昭武はパリ万国博覧会が済んだ後も、フランスに残って、五年か六年

は留学するということだ。その間ずっとその面倒を見てほしいというのが、慶喜と市之進の頼みであった。栄一は承知した。また、

（その方が、俺にとっても好都合だ）

と思った。何といっても、かつての過激な尊王攘夷論者が、いかに主人が将軍のポストについたからといって、徳川幕府の家臣になっている様は、あまりみっともよくないからである。

万国博覧会使節としてパリへ

万国博覧会使節団は、慶応三年一月十一日朝七時に、横浜からフランス船アルヘー号に乗り込んだ。随行者は、次の通りだ。

御勘定奉行格外国奉行　向山《むこうやま》隼人正《はやとのかみ》
御作事奉行格小姓頭取　山高《やまたか》石見守《いわみのかみ》
歩兵頭並　保科《ほしな》俊太郎《しゅんたろう》
奥詰医師　高松《たかまつ》凌雲《りょううん》

大御番格《おおごばんかく》砲兵差図役頭取勤方　木村宗三
外国奉行支配組頭　田邊太一
御儒者次席同翻訳御用頭取　箕作貞一郎《みつくりていいちろう》
小十人格砲兵差図役勤方　山内文次郎
外国奉行支配調役　日々野清作
同　杉浦愛蔵
外国奉行支配調役並出役　生島孫太郎
外国奉行支配通弁御用　山内六三郎
御雇《おやとい》民部大輔《みんぶのたいふ》殿小姓頭取　菊池平八郎
同　井坂泉太郎
同中奥番　加治権三郎
同　大井六郎左衛門
同　皆川源吾
同　三輪端蔵
同　服部潤次郎

そして、

御勘定格陸軍附調役　渋沢篤太夫（栄一）

栄一は、横浜出航以来この旅については実に詳しい日記をつけ続けた。かれの性格が現れている。美辞麗句を連ねて、自分の外国の文物に対する感傷的な印象を綴《つづ》ったものでは決してない。書かれたことの範囲は船中の生活を食事まで詳しく書き、やがて、巡った土地の地理、沿革、政治、経済、風俗などに及んでいる。かれが関心を持ったのは、鉄道、電信、諸工場、兵舎、下水、博物館、銀行、造幣局、取引所、化学研究所などの多方面に及んだ。これも、いたずらに感動するだけでなく、対象を正確に理解し、ありのまま書きとめるというクールな手法をとっている。

上海《シャンハイ》、香港《ホンコン》を経て、二月半ばにはアデンに至った。やがてスエズに着いたが、まだスエズ運河が開通していない頃だったので、上陸して汽車に乗った。この時、有名なエピソードが栄一の回顧談として残されている。

「私が汽車に初めて乗ったのは慶応三年渡仏の途中スエズから出てアレキサンドリヤで、地中海の船に乗り換えるまでであった……一緒に行った人達も皆硝子《ガラス》と云《い》うものを知らぬので、汽車に乗ってから窓外を見ると全然すき通って見えるので、何もないと思い一行の或者《あるもの》が窓の外へ捨る積りで蜜柑《みかん》の皮を何度も投げた。すると隣席に居た西洋人が憤って何か言い出したが言葉が通じないから、お互に云い合って居るうち、遂に立上がって腕力沙汰になった。其処《そこ》で私等は外国の言葉は分らぬが、皆でよくよく両方の話を聞くと、外国人は硝子があるのに蜜柑の皮を投げて態《わざ》と自分へ当るようにした、この日本人は実に失敬な奴だと云って居る。此方《こっち》の云い分は蜜柑の皮を外へ投げ捨てたので何の関係もないのに此《この》西洋人が憤って来ると云うのは怪《け》しからんと怒って居る。結局硝子のあることを日本人が知らなかったから起った事と判って、双方とも笑って事済になった」

こんな珍談もあったが、汽車の中からも、栄一は鉄道敷設の沿革や、スエズ運河がちょうど工事中だったので、その経緯、カイロの政治や風俗、世界の三大文明国といわれたエジプトがなぜ興り、なぜ亡びたのか、あるいは途中寄ったアレキサンドリア博物館の展示物を見た印象などを細かく日記に書いた。サルジニア、コルシカ島をすぐ近くに見た時は、ガリバルジーや、ナポレオンのことを偲《しの》んだという。

こうして二月二十九日（陽暦四月三日）朝九時半に、マルセイユの港に着いた。横浜を出てから五十日目である。港には、フランス側の歓迎団が待ち構え、祝砲が打たれた。馬車に乗せられ、軍隊がまわりを警護する。海軍・陸軍の総督やマルセイユ市長の歓迎も受けた。数日この港町に滞在した。市内を見学したり、観劇をした。ツーロンでは軍艦や大砲を見た。同時に製鉄所、溶鉱炉、反射炉、いろいろな機械などを見て驚いた。マルセイユでは、観兵式まで行なわれた。

そして、一週間ここに滞在した後、リヨンを通って、陽暦四月十一日にパリに入った。そのパリで、驚くべき事実が待ち構えていた。それは、日本代表として出品した徳川幕府の展示品とは別に、薩摩藩が堂々と独立した形で、薩摩藩の生産品をはじめ、自分たちが集めた品物を展示していたことである。展示場には、高々と丸に十の字の島津家の紋を示す旗が翻っていた。

使節団はこれを見て仰天した。薩摩藩がパリで実行したのは、取りも直さず日本でイギリスとフランスが争っていることの延長だった。つまり、イギリス側は、「日本の外交権は天皇にある」と主張し、フランス側は、「いや、徳川幕府にある」と主張している。

この争いは、そのままイギリスとフランスが応援する対象が違った。イギリスは薩摩藩や長州藩などの雄藩を応援し、フランスは徳川幕府を応援している。その争いが、パリ万国博覧会ではっきり表れたのだ。薩摩藩は、これ見よがしに十の字の藩旗を翻し、自分たちの力で集めた日本の名産品を出品した。徳川幕府も幕府の名において集めた産品を出品している。佐賀の鍋島藩《なべしまはん》も出品したが、これは徳川幕府の傘の下に入っての行動だ。あくまでも、幕府を立てている。ところが薩摩藩は違った。まるで、独立国のように徳川幕府に対抗して、これ見よがしに薩摩藩の存在を誇示している。徳川昭武使節団はすぐこのことを問題にした。宿舎に戻ってくると、喧々囂々《けんけんごうごう》の論議が湧き起こった。みんな、薩摩の行動を罵った。

薩摩側は、今度の万国博覧会への出品には、かなり綿密な準備を整えていた。まず、イギリスの好意によって、ロンドンに留学していた新納刑部《にいろぎようぶ》と、岩下佐次衛門という二人の藩士を急遽《きゆうきよ》パリへ出張させた。パリに、フランスの伯爵だと名乗るコント・ド・モンブランという男がいた。〝幕末の山師〟として有名な男だ。のちに、薩摩に来て日本をいろいろと引っかき回す。モンブランは、はじめ日本の正式代表である昭武使節団に近づいて、いろいろとおいしい話を持ちかけた。

しかし、すでにモンブランが山師であるということを聞いていた担当の柴田日向守《しばたひゆうがのかみ》は、これに乗らなかった。腹を立てたモンブランは、たまたまパリにやってきた薩摩藩士新納と岩下を知った。モンブランはたちまち二人に接近し、

「薩摩藩も、何か出品なさるといい。一切の世話は私が致します」

と持ちかけた。博覧会につてを求めていた新納と岩下は、すぐこれに乗った。イギリス経由で、鹿児島に報告書を送った。薩摩藩では、すでに用意してあった品物を、長崎港から出荷しようとした。しかし長崎奉行は許可しなかった。

「わかりました。では、撤収します」

薩摩藩の担当はそういって、表面は引き下がったが、荷物はすぐに港に停泊していたイギリスの船に積み込んでしまった。すでに、イギリス側とは話が整っていた。目前で、こういう行動を取られても、もう長崎奉行は文句をいうことができなかった。みすみす、パリへ向かう薩摩藩の品物を見送ったのである。

博覧会会場にはためく丸に十の字の旗を見て、使節団は激怒した。すぐ、博覧会の主催者側に抗議をした。しかし、博覧会の事務局では、

「それは、博覧会側の問題ではなく、日本内部の問題なので、あなた方が薩摩藩とよく話しあって、解決してほしい」

と突っぱねた。使節団の代表が、薩摩側に抗議にいった。新納と岩下は、はじめから予想していたことなのでこう答えた。

「確かに、丸に十の字の旗を立ててはいるが、われわれは薩摩藩の名によってではなく、琉球国《りゆうきゆうこく》の名によって出品しているのです」

使節団はこの言葉尻を捕えた。

「琉球国は、薩摩藩の属国だと聞いている。属国の名によって出品するとは理解できない。すぐ、幕府の傘の下に入ってほしい」

が、薩摩側は抗弁した。

「これはすでに、万国博覧会の事務局が認めたことです。文句があるのなら、事務局にいってほしい」

堂々巡りだ。そこで、使節団から外交関係の事務を司《つかさ》どっている向山隼人正が抗議にいった。しかし、言葉がよく通じない。通訳も悪かった。たとえば〝ガバーメント〟という言葉があるが、これを向山は、

「大君《たいくん》の政府（徳川幕府のこと）」とか「薩摩の政府」とか「佐賀の政府」とか訳されていることを、深く考えなかった。事務局側では、「ガバーメント」は「政府」と訳されたので、いよいよ変な表情をした。つまり、

「日本には、徳川幕府だけでなく、薩摩とか鍋島とかいう大名の政府もあるのか」

という風に受け取ってしまったのである。したがって、当局側は、使節団の抗議に耳を傾けなかった。

「既定方針どおり、薩摩藩の出品を認める。この出品は、徳川大君の政府とは別個の薩摩の政府によるものだ」

と突っぱねた。向山隼人正は面目を失った。これが本国に報告されて、

「向山という奴は、国辱外交を行なった」

ということになり、かれは召還されてしまう。代わりにやってきたのが、外国奉行の栗本鯤《くりもとこん》（鋤雲《じょうん》）だ。栗本は、幕府の勘定奉行小栗上野介の腹心だ。小栗はいうまでもなく親フランス派で、今度の万国博出品のことも、あるいは横須賀に幕府の軍備拡張のための造船所設立の資金と、技術指導をフランスに仰いだり、あるいは、北海道を担保にして、六百万ドルの借款を実現しようと勢い込んでいるコチコチの急進派だ。小栗の目的は、

「あらゆる機会を通じて、徳川幕府の権威をもう一度強めなければならない。早急に幕

府が力を強めて、薩摩藩や長州藩をたたきつぶす」

と勢い込んだものだった。そのため明治維新後、小栗は薩長側から睨まれて、すでに退居していた上州（群馬県）権田村《ごんだむら》の領地を襲われて、そこで処刑されてしまう。いま、権田村の近くを流れていた烏川《からすがわ》のほとりには、蜷川新《になかわあらた》博士の筆になる巨大な碑が立っている。碑には、

「偉人小栗上野介　罪なくて　ここに斬らる」

と書いてある。また、菩提寺《ぼだいじ》であった寺には、小栗の胸像が立てられている。そして、小栗の脇に、この栗本鯤の胸像もつくられている。それほど、二人の仲が親密だったということだ。小栗上野介の銅像は、さらに横須賀の海に面した公園にも立てられている。横須賀開発の恩人とされているのだ。

しかし、小栗の意気込みとは裏腹に、パリに行った連中の態度は煮え切らなかった。結局は薩摩藩に押し切られてしまった。薩摩藩と、その背後にいたイギリス側がニンマリと勝利の笑みを漏らしたのはいうまでもない。この時の薩摩藩の出品は二百六十点にも及んでいた。しかも、

「まだまだ、珍しい品物が次々と届きます」

と見物人に豪語する始末だった。昭武使節団は、じっと指を噛《か》むより仕方がなかった。このパリ万国博覧会の薩摩藩出品に対して、栄一がどういう態度をとったのかよくわ

からないが、それほどかれが腹を立てたとは思えない。おそらく、かれの心の中にはすでに日本の針路についてある構想が進んでいたから、

「こういうことがあってもいいのではないか」

と思っていたのではなかろうか。使節団におけるかれの役割は、主として団長の徳川昭武の身のまわりの世話である。あわせて、使節団一行に対する給与の支払いや、必要な品物の購入というように、その責任の範囲が限られていた。かれは、その責任の範囲内で行動した。したがって、使節団一行が公式の行事に赴く時も、かれは、

「私は残ります」

といって、積極的には参加しなかった。しかしかれは、宿舎であるグランドホテルとは別に、パリ市内の小さなアパートに一室借りた。行動の自由を確保するためと同時に、フランス語を至急習おうと思ったからだ。

栄一はパリに来て、いままで日本が唯一の外国語として扱ってきたオランダ語が、まったく通用しないことを知った。だからといって、国際語としての英語が、まだそれほど行き渡ってはいない。とくにフランスは誇りが高い。わけてもパリの人間は外国語を嫌う。

「パリに来たのなら、フランス語を使え」

という態度を露骨にした。たとえ、英語がわかっても英語では返事をしない。じっと

わからないふりをして見ている。栄一は辟易《へきえき》した。

「これは、至急フランス語を習わなければ駄目だ。昭武様は、万国博覧会終了後もフランスに残って留学なさるのだから、その世話をする俺がフランス語をしゃべれないのではどうにもならない」

栄一らしい発想だ。かれはアパート通いを頻繁にし、フランス人を雇って毎日熱心に語学に励んだ。一カ月ぐらいたつと、日常の会話には不自由しなくなった。かれには、フランス語の才能があったようだ。

アパートに引きこもってばかりいず、暇を見てはこの教師の案内で、パリの市内を歩きまわった。博覧会会場だけを見ていても仕方がないと考えたからだ。

しかし栄一が関心を持ったのは、パリの古い歴史的史蹟《しせき》や名所ではなかった。むしろ、

「フランスの社会、文化、経済の仕組みを支えている施設を、積極的に見てやろう」

という気持ちを持っていた。が、だからといって公共の施設だけを見たわけではない。娯楽施設も見た。たとえば、水族館、軽気球、パノラマ、競馬、植物園、大砲の保管所、裁判所、パリの道路、下水、病院、飲料水の供給施設などである。これらの施設については、栄一は事細かく日記に記した。さらに、パリの劇場に行って演劇も観た。音楽も聴いた。美術館も歩きまわった。

栄一が特に目を見張ったのは、下水道の大きさだ。人間が、立ったまま歩いても天井

まだまだ十分間がある。これには驚いた。日本には下水道などない。人体から出る糞尿《ふんにょう》にしても、江戸でいえば近郊の農民たちが買いに来て、桶に入れて荷車や船で運んでいく。そして、代価として、大根や牛蒡《ごぼう》などの農作物を置いていく。時には金を払う。糞尿が有価物なのだ。それをパリでは、大きな地下道を掘って、どんどん流し去ってしまう。道路に敷きつめられた石畳と同じく、栄一はいかに日本の公共施設が遅れているかを痛感した。

こういう栄一だから、別にパリ万国博覧会に対して、日本が出品する主体が徳川幕府でなければならないというようなことは考えていなかった。かれ自身は前々から幕府の存在に疑いを持ち、むしろ倒してやろうと考えていたくらいだから、心の底では薩摩藩の勇気ある行動に拍手を送った。フッと、西郷隆盛のことを思い出した。西郷がよく口にしていた、

「幕府を解体して、有力な大名による連合政府をつくるべきだ」

という構想を思い出した。栄一は、

(西郷隆盛は、このパリ万国博覧会の出品行動を見てもわかるように、その連合政府では、参加した大名の一人ひとりが、外交権はそれぞれの大名家にあるということまで考えているに違いない。これは、その実験だ)

と感じた。

金融制度の重要さを実感

博覧会会場で栄一が関心を持ったのは、参加国が出品した品物の中で蒸気機関、農工機械、紡織の機械、学術の機械、その中でも医師の医療関係、あるいは測量機械、電機関係の機械、織物などである。そして、とくにかれが手に取らんばかりにしてその展示場にいつまでも立ち尽くしたのは、各国の貨幣の出品場であった。金、銀、銅でできた貨幣よりも、紙幣に関心を持った。かれはかつて、一橋家で意見を具申して「藩札」を発行したことがあった。かれは衝撃を受けた。

(各国で発行している紙幣というのは、藩札と同じではないか)

と思ったからだ。

逼迫《ひっぱく》した一橋家の財政を立て直すために、藩札を発行すべきですと進言した時は、栄一には別に欧米の経済学の知識などなかった。まして国レベルで各国が紙のお札を出しているなど思いもよらなかったのである。聞いてみれば、

「この紙幣を金融機関に持っていけば、金と換えてくれる」

ということであった。この発見は、のちの栄一に大きな影響をもたらす。

博覧会での褒賞式《ほうしょうしき》には、フランスのナポレオン三世が出席した。かれは演説した。

栄一によれば、

「演説はなかなか行き届いたものだった。しかし、一方から見るとかなり尊大で、なるほどと感じさせる中に、いかにも世界を一呑するといったような不遜な点が窺われました……」

とその印象を語っている。褒賞式が行なわれたのは五月二十九日のことである。事実上、この褒賞式によって博覧会は幕を閉じた。昭武は、以後ヨーロッパ各国を巡遊の旅に出る。

実をいえば、徳川昭武使節団一行の面倒を見るために、徳川幕府はフランス政府に頼んで、二人のフランス人を特別顧問として依頼していた。一人は、銀行家のフリュリ＝エラールである。もう一人は、軍人のビレットだった。栄一は、役目柄頻繁にこの二人に接触した。

フリュリ＝エラールは、幕府から名誉総領事の職名をもらい、積極的に一行の面倒を見た。そして、フランス語がわかるようになった栄一は、事あるごとに、このフリュリ＝エラールからいろいろな知識を得た。銀行家だから、銀行の仕事のことはもちろん、鉄道のこと、株式取引所のこと、株式公債のこと、有価証券の売買の実際を見せることなど、フリュリ＝エラールも栄一の熱意に応えた。栄一はこのフリュリ＝エラールによって、のちの大実業家の方向性を会得する。株式会社の基になる「合本《がっぽん》組織」を考え出して、日本に実現するのも、この時の経験によっている。

そして、もっと画期的な発見があった。日本では士農工商の身分制が確立しているから、商人は社会の一番劣位にある。とくに、武士たちの考えは極端で金を卑しんだ。「武士は食わねど高楊枝《たかようじ》」の精神で生きることをモットーにしていた。そのため金を扱う商人は社会でもっとも汚い存在として卑しめられた。ところが、栄一が接触したフリュリ＝エラールに対する軍人ビレットの態度は、まったく違った。二人は対等だった。フリュリ＝エラールも、軍人であるビレットにずけずけと思うことをいった。ビレットは謙虚にこれを受け入れる。

こんなことは日本では想像できない。かれの生まれた武蔵国でも、あるいは江戸でも、京都でも、商人は腹の中はともかく表面上は武士を立てる。立てなければ存在できない。生きていけない。それが日本のルールだ。が、パリではまったく違った。栄一は、このことも将来自分が生きていく上で、大いに参考になると思った。つまり、

「いままでは、政治は武士の専売特許だと思っていたが、ヨーロッパではそんなことはない。商人が政治を主導することもあるのだ。とくに、銀行家がその先頭に立っている。これはもう、政治家になることを断念して、実業家になった方がいい。そのことが日本にいまだに巣くっている官尊民卑の悪習を一掃することにつながるのだ」

栄一はそう思った。だから、パリ万国博覧会に薩摩藩が丸に十の字を掲げて出品したことにめくじらを立てて、いつまでも騒いでいる同僚たちには、同調できなかった。そんな騒ぎそのものが、あくまで武士の面子にこだわる愚行だと思えたからである。

こうして、薩摩藩は徳川幕府の鼻を明かしたが、しかし長続きはしなかった。フランスは何といっても徳川幕府贔屓《びいき》だったからだ。日本に駐在している公使ロッシュの報告もあって、ナポレオン三世もその辺のことはわきまえていた。だから、ナポレオン三世が先頭に立って、薩摩藩のそれ以上の宣伝は押さえ込まれた。薩摩藩は次第に勢いを失った。

こうして万国博覧会は終わり、薩摩藩も日本に引き揚げていった。

この時に、山師モンブランを一緒に連れていったのである。モンブランは、鹿児島に行って、いろいろと薩摩藩の産業振興や国際貿易に知識をつけることになる。本来、フランス人であるモンブランが、イギリスが後押ししている薩摩藩にくっついてしまったのは、やはり初動期に接触した柴田日向守がかれを山師と断じて、ケンもほろろに扱ったことに恨みを抱いたからだ。

こう考えると、国際関係というものも、ほんのはずみでボタンの掛け違いになってしまうこともあるようだ。ただし、昭武使節団が、たとえモンブランを抱き込んだとしても、山師のモンブランのことだから、果たしてどこまで徳川幕府の利益になったかどうかはわからない。

博覧会が済んだ後、徳川昭武がまわったヨーロッパの国々は、オランダ、ベルギー、イタリー、イギリス、スイスなどである。どこに行っても、ちょん髷《まげ》姿で着物を着、刀を差している恰好が、外国人にはもの珍しかった。

巡遊は、オランダとベルギーを訪れてはいったんパリに戻り、イタリーに行ってはまたパリに戻るというように、パリを拠点にし行動した。栄一が関心を持ったのは、スイスでは、バールの織物細工所、ベルンの武器蔵、ジュネーヴの時計製造所など。

オランダでは、ハーグの銃砲製造所、歩兵の屯所、ニューヨジップでは軍艦製造所、アムステルダムのダイヤモンド製造所、造船所、ライデンの蒸気ポンプなど。

ベルギーでは、ブリュッセルの陸軍学校、火術場、舎密術(物理学・化学)場、アンベルスの砲台、砲車製造所、諸器械および弾丸製造所、リエージュの銃砲製造器械、シラアンの製鉄所及び反射、溶鉱の二炉、鉄材精製の法、鋼鉄の吹分方、石炭採掘法、諸砲車及び蒸気車、レールその他諸器械の製造、マリートウワニエトの鏡および硝器製造所など。

とくにシラアンの製造所は、

「もっとも盛大宏壮《せいだいこうそう》にして、周囲およそ三万坪ほどあり、職人七千五百人より一万人ばかり、およそ一年の製作金高通例三千万フラン」

という大工場だったので、大変な感銘を受けた。

イタリーでは主に名所旧蹟の見物をした。栄一には、それほどの感激はなかった。

イギリスでロンドンの新聞社タイムズを見学した。「二時間で、十四万枚余りを印刷している」現状にビックリした。他に、銃砲製造所、ブリティッシュ・ミュージアム、クリスタル・パレース見物も印象深かったという。が、もっとも栄一が関心を持ったのは、バンク・オブ・イングランドという銀行を見学しにいって見た、「政府の両替局」や「金銀貨幣拭改の場所および貯所」「地金積置場」「紙幣製作所」などであった。これが、帰国後明治になってから栄一が日本の銀行業の創始者になるキッカケをつくった。つまり、ロンドンに行ってかれは、世界金融の中心、それも心臓部門に直接接したからである。

冷静な対応

諸国歴訪は、十一月末に終わった。引き続き、徳川昭武がパリで勉学生活に入ることになった。使節団は解散し、昭武の面倒を見るために残ったのは、栄一を筆頭に約十人であった。しかし、費用の面もあるので、この人数はこの後、次第に縮小される。

昭武の就学生活は、毎朝七時から乗馬の稽古に行く。九時になると戻ってきて朝食を取る。九時半に教師が来て、語学や文法の学習をする。三時から後は、翌日のための下読みや、作文、暗唱などの準備をする。あまり暇はなかったらしい。栄一はその間に日本に手紙を書くとか、日記をつけるとか、一行の細々とした雑事を処理することに専念した。結構忙しかった。

そんな時、一行にとって信じられないようなことが日本からもたらされた。それは、

「将軍徳川慶喜が、朝廷に政権を返上した」

というニュースだった。昭武のまわりにいた者は全員否定した。

「そんな馬鹿なことをするはずがない」

と口々に目を怒らせていった。将軍徳川慶喜は昭武の兄だ。問題のある人物ではあったが、まさか政権を投げ出して徳川幕府をつぶすようなまねはすまい、というのがこっちにいる連中の意見だった。とくに外国奉行の栗本は、主戦派の小栗上野介の腹心なので、頭から湯気を立てて否定した。

「上様(将軍慶喜)は、フランス国と組んで、薩摩藩や長州藩をたたきつぶそうとしておられる。そんな時期に、自ら政権を放棄するようなことは絶対にない」

と息巻いた。しかし栄一だけは、

「あり得ることだ」

と、日本からの情報を信じていた。それは、かれ自身が一橋家に仕えていた頃、慶喜

に向かって直接、

「有力な大名連合をつくり、新しくできた共和政体の議長として、改めて日本の国政の主導を取るべきです」

と進言したことがあるからだ。そのために、十四代将軍家茂が死んだ直後、栄一は、

「よんどころなく、徳川本家の相続人になっても、決して安売りをしてすぐ将軍になってはいけません。日本の世論が、ぜひあなたに将軍をお願いしたい、という気運が高まった時に、はじめてその職をお引き受けになるべきです。決して、自分を安売りしてはなりません。高く売りつけるべきです」

と主張した。栄一は胸の中で、

（おそらく慶喜様は俺の意見に従ったのに違いない）

と感じた。それは、西郷隆盛が考えている、薩長を主体とした大名連合に、先制攻撃をかける意味で、慶喜は大政を返上したのに違いないと思ったからだ。

だから、幕府がいったん解体したと聞いても、栄一は別にあわてなかった。自分の構想どおり慶喜が行動してくれれば、依然として日本国政のイニシアティブは、徳川慶喜が取れると考えていたからだ。そしてそのことは取りも直さず、いまパリにいるこちら側の行動にもいい影響をもたらす。慶喜が窮地に立つようなことがあれば、昭武の留学どころではない。そんな思いが、こもごも栄一の頭の中を通りすぎていった。

徳川幕府が解体したという噂は、日本人だけが否定していたわけではない。フランス側でも、軍人のビレットは積極的に、

「そんな馬鹿なことは絶対にない！」

と息巻いた。日本には、ブリューネなどという優秀なフランス国の士官が、幕府の軍事指導に派遣されている。その連中も依然として活躍しているのだから、そんなことはあり得ないというのだ。しかし、栄一は疑っていた。

そして、そういう栄一すら、今度は本当に体の底からガタガタにされるような情報が届けられた。それは、大政奉還の直後、徳川慶喜たちが策していた大名連合の共和構想が、粉砕されてしまったということだった。天皇が自ら政治の大権を握り、いわゆる「王政復古」の大号令が出されたというのである。大政奉還は、十月十四日に行なわれたが、王政復古は十二月九日に行なわれた。そしてもっと悪いことに、その直後国内戦争が起こったという。起こしたのは、薩摩藩の西郷隆盛だった。かれは、江戸にいた腹心の浪士たちにいい含めて、強盗や殺人を犯させた。浪士は「御用盗」と名乗り、乱暴の限りを尽くした。そして堂々と芝三田《しばみた》（東京都港区）にあった、薩摩藩邸に引き揚げていった。怒った幕府軍は、三田邸を砲撃した。この報告が大坂城にもたらされると、大坂城に集結していた幕府軍は激昂《げっこう》した。

「薩摩は汚い！　こらしめよ！」

こうして、「討薩」の軍が起こされ、およそ一万五千人の軍勢が京都に向かって進軍を開始した。

が、これは西郷隆盛の思うつぼだった。薩摩軍と長州軍を主体とする新政府軍はわずか五千人だが、軍備が圧倒的に違った。新政府軍は完全にイギリス風に近代化していた。武器も、幕府軍が刀や槍や旧式の鉄砲が多かったのに比べ、イギリスの武器商人グラバーから大量に買い入れた、新しい洋式銃を装備していた。大砲もあった。

結局、鳥羽街道と伏見街道を北上した幕府軍は散々に打ち破られた。そして、新政府軍は、さらに江戸城総攻撃を企て、一斉に東海道や中山道や北陸道を、官軍と称する新政府軍が進撃をはじめたという。この報告には、栄一もさすがに打撃を受けた。

「一体、これからどうなるだろう?」

と心が暗くなった。せっかく、慶喜に進言して、次の政体構想を有力大名の連合体に置き、慶喜がその議長をつとめるようにお膳立てをしたのに、そのお膳が引っくり返ってしまった。

(どこか、やり方がまずかったに違いない)

栄一はそう思った。そして、その原因がほぼ想像できた。

(おそらく、そういう局面に立ち至っても、また武士の面子だとか面目だとかが頭をもたげて、勢力争いが起こったのに違いない)

そう直感した。本当は、そういうこともあったが、それ以上に、徳川幕臣団の足並みがそろわず、バラバラになっていたことだ。いってみれば、徳川家に対する忠誠心が、大名家にもその家臣にも、極端にいえば幕臣そのものにも、すでになかったことだ。テンデンバラバラな考えで、ただメダカが群れているようなものだった。石を投げ込まれると、大あわてでみんな逃げ去ってしまった。この辺から、渋沢栄一の持ち前のきかん気が頭をもたげてくる。徳川武士団のあまりのふがいのなさに、腹が立ってきたのだ。

が、遠いパリでそんなことを息巻いていてもはじまらない。ごまめの歯ぎしりだ。問題は、それよりも、

「徳川昭武の留学生活を、今後どうするか」

ということの方が大切だ。

徳川幕府が倒壊したことはもう動かしようのない事実となった。徳川昭武につき添っている者のほとんどが、

「この際、帰国して国事に尽くすべきだ」

という意見であった。しかし、渋沢栄一は首を振った。

「昭武様はまだ修業中の身であって、身につけるべき力も中途半端だ。国事に尽くすといっても、お役に立つような仕事も十分にはできない。それよりもこのまま留学を続けて、十分な力を蓄えた上で帰国された方がいい」

と主張した。何といっても、一橋家以来、財政や経営の面について、すぐれた能力を示し続けた栄一の力は、みんなよく知っていた。パリへ来てからも、栄一のクールな対応が、パリ万国博覧会への参加をつつがなく終わらせ、また引き続いて、徳川昭武の留学生活を送らせているということは、みんなも知っていた。

結局、栄一の意見が通った。徳川昭武は、そのまま留学を続けることになった。

問題は、留学生活の費用だった。栄一は諸事切りつめて、昭武の承認を得た上で、パリに残る者は昭武の他四人、合計五人とした。経費は、日本から毎月五千ドルの送金が続いてきていたので、節約の結果、かなり剰余金が出ていた。かれは、これを予備金として設定し、フランスの公債証書と鉄道債券を買った。この辺にも、栄一の理財に対する感覚の鋭さが窺われる。

こうして、徳川昭武は渋沢栄一の努力によって、これから後もフランスに留学していても、十分その費用は賄い得るということになった。ところが、今度は、新政府から公文書が届いた。新政府の外国掛である伊達《だて》宗城《むねなり》（旧伊予《いよ》宇和島《うわじま》藩主《はんしゅ》）と東久世《ひがしくぜ》通禧《みちとみ》の連署である。そこには、

「王政復古につき、帰朝されたい」

と書いてあった。日本政府の正式命令だ。栄一は、外国奉行の栗本鯤と協議した。栄一はいった。

「前に決定したとおり、いま昭武様が帰国しても、大したことはできない。もう四、五年留学して、一技、一芸に熟した上で帰国されれば、日本の一角のお役に立つだろう。いま中途半端なまま日本に帰っても、日本も混乱状態が続いているのだから、ろくなことはない。それよりも、そういう混乱から離れて、学業に専念した方がはるかに意味がある。ただ問題は、金の面だ。というのは、いまイギリスやフランスに留学している日本留学生が、ほぼ二十人ほどいる。おそらく、かれらにも帰国命令が出ているだろうが、帰国の費用がないように聞いている。そこで、いま私たちが持っている昭武公の準備金をまわして、かれらを帰国させたい。が、昭武公はあくまでもパリに残したいので、あなたはいったん日本に戻って、昭武公の学習の資金の調達に努力していただきたい」

栗本は、栄一のいうことをもっともだと思った。そこで、栄一が蓄えた昭武のための準備金を割いて、フランスの留学生は全部帰国させた。ロンドンに照会すると、イギリスに留学していた学生たちも金がなかった。そこで、イギリス政府に援助を頼むと、政府の方は仕方なく、ボロボロな帆船に乗せて、日本人を送り返そうとした。栄一は怒った。

「いままでさんざん薩摩藩や長州藩をけしかけて、徳川幕府を転覆しておきながら、留学生に対してそういう非道な扱いをするとは何事だ。そんな扱いに応じてはならない。帰国の金は自分の方で出すから、堂々と旅客船に乗って日本に戻れ」

と留学生たちに連絡した。かれは直接ロンドンに行き、イギリスのボロ船から留学生たちを豪華なフランス船に乗り換えさせて、日本に送り返した。この時、栄一の世話によって、無事惨めな思いをしないで日本に帰れた学生に、林董《はやしただす》、菊池大麓《きくちだいろく》、外山正一《とやままさかず》などの錚々《そうそう》たるメンバーがいる。

栗本鯤は先に日本に戻ったが、その後なしの飛礫《つぶて》で何の連絡もなかった。幕府の外国奉行だった栗本は、おそらくそれどころの話ではなかったのだろう。しかし、栄一にすれば約束違反だ。

「調子ばかりよくて、栗本の奴は一体何をやっているのだ！」

と痛憤した。

日本からの送金がなくても、努力次第では四年や五年は、昭武は留学できるという予測が立ったが、ここでもう一つ事件が起こった。それは昭武の長兄である水戸藩主慶篤侯が急死し、相続人に昭武を指名したことだ。これではもうやむを得ない。栄一も諦めた。昭武も、身内の不幸が大きく響いて、国に帰りたい気持ちがたちまち募った。そこで、栄一も諦めて帰国の仕度にかかった。ホテルや、関係者への挨拶をすべて済ませて、いよいよ日本へ帰ることになった。

帰りの旅路では、寄港する度に日本の噂を聞いた。国内戦争は相変わらず続き、しかし、もっとも強硬な抵抗を続けていた会津も落城した。幕府海軍の指揮者だった榎本武《えのもとたけ》揚《あき》が、オランダ留学から戻って幕府艦隊の指揮を取っていたが、江戸湾から脱走して箱《はこ》館《だて》にこもっている。榎本は箱館で独立共和国のようなものをつくったという。士官以上の投票によって、主だったポストにつく人々を選挙したというのだ。榎本は新政府に対して、

「われわれは、決して新政府に反《そむ》く気持ちは持っていない。旧徳川家の家臣のために、北海道を開発したい。どうか、許可していただきたい」

と申し出ているという。栄一は、

（そんなことは夢で、おそらく実現されない）

と感じた。共和、共和といってはいるが、底が浅い計画で、しっかり地についた展望の青写真があるとは思えなかったからだ。所詮、徳川脱走兵のつくった砂上の楼閣なのだ。

上海に着いてホテルに入ると、同じホテル内にドイツ人のスネルという男と、通訳の長野という男がいた。長野はかねてから栄一のことを知っていた。

「渋沢さん、しばらくでした」

と懐しそうに声をかけてきた。日本の細かい情報を知りたいので、栄一は長野としばらく話をした。長野はこんなことをいった。

「新政府が成立したといっても、旧幕府に心を寄せる日本人はたくさんいます。いま私

が同行しているドイツ人スネルは、武器商人です。佐賀藩や、長岡藩（新潟県）に、機関砲を売りに行く途中です。ついては、渋沢さんにお願いがあります」

「何ですか？」

「榎本さんが江戸湾を脱走して、北海道に旧幕府の政府をつくったことはご存じでしょう」

「噂は聞きました」

「そこでお願いですが、あなたがお供をなさっている徳川昭武様に、北海道に集結した旧幕軍の総指揮をとっていただきたいのです。榎本さんにいくら指導力があるといっても、やはり日本人の習性として、尊い血にはかないません。その点昭武様は最後の将軍徳川慶喜様の弟様でもあらせられますし、もし昭武様が北海道に行ってくださったら、旧幕軍の勢いが一挙に上がるでしょう。そうすれば、薩長主体による新政府を打ち倒して、もう一度徳川の天下にすることができると思います。ぜひお願い致します」

「お断り致します」

栄一は即座に首を振った。

「なぜですか？」

長野は不満そうに聞き返した。栄一はこう答えた。

「時の流れには逆らえません。私は、かねてから表面上の世の中の流れがつくり出す世論とは別に、世の中の地下をヒタヒタと流れている水脈があることに気づいていました。これからは、その水脈が表面に出ます」

「地下水脈というのは何ですか？」

わけのわからないようなことを聞いたような表情をして、長野は聞いた。栄一は答えた。

「政治に対する主権が、どんどん庶民の手に移っているということです。もう武士の時代ではありません。失礼ながら長野さんのお考えは、昔の武士の夢を追っておられる。私はもうごめんです。私は、武蔵国の農民の出ですから、武士万能の世の中には、ほとほと愛想をつかしているのです……」

思い切った栄一の発言に、長野はムッとした。

（何を、この！）

という反発が、その顔に表れた。しかし、栄一は黙って長野を凝視していた。耐えられなくなって視線を外した長野は、そそくさと去っていった。栄一は、自分の態度と選択が正しいと信じた。

栄一が日本に帰り着いたのは明治元年（一八六八）十一月三日のことである。横浜に入港すると、出発の時とは全然様子が変わっていた。事情をよく知らない担当役人は威張りくさった態度で、くどくどとどうでもいいことを訊問《じんもん》し続けた。栄一は面倒になった。が、ここで逆らっては、上陸もできなくなる。そこで、落ち着いて役人のうるさい質問に答え続けた。

やっと許可されて陸《おか》に上がった栄一は、港で、旧知の杉浦愛蔵が迎えに来てくれているのを見た。思わず、栄一の胸は熱くなり、涙をこぼしそうになった。

徳川昭武については、水戸家から迎えが来ていた。昭武は栄一の手を取って、

「渋沢君、本当にお世話になった。君のことは生涯忘れない。これからも何かと世話になると思うがよろしく頼む。君も元気で」

といった。栄一はうなずいた。そして、

「公子もどうかお元気で。お気落ちなく、ご瑣事《さじ》にお立ち向かいください。何かありましたら、どうぞご遠慮なくお申しつけください。私はあくまでも、徳川家の家臣でございますので」

といった。昭武は嬉《うれ》しそうに手を振りながら去っていった。脇で見ていた杉浦愛蔵が、感嘆の声を漏らした。

「渋沢さん、素晴らしいなあ」

「何がだ？」

「幕府が崩壊した時に、徳川家の家臣たちは先を争って逃げ去った。わずかに、農民出身の新撰組や、あなたの一族渋沢成一郎（喜作）さんたちが、上野の山にこもったり、

関東地方で反抗の戦いを続けたにすぎない。新撰組も多摩の農民の出身者が多い。指揮者の近藤勇も土方歳三もみんな農民だ。失礼ながら、あなたも農民の出身だし、彰義隊《しょうぎたい》と、後に振武軍《しんぶぐん》を指揮した渋沢成一郎さんも、農民の出身だ。武士がみんな逃げ散ってしまって、農民だけが、最後まで徳川家に忠節を尽くしたというのも、何か妙な気がするなあ。つまり、徳川家の本当の忠臣は、農村出身者だったということだ。感慨無量のものがあるよ。いまのあなたの昭武公とのやりとりを見ていても、しみじみとそういうことを感じた」

「君は、少し感傷的すぎる。私は、人間の義務を果たしているだけだ」

「その人間の義務という奴を、みんな忘れている。ひどい奴らばかりだ」

「まあ、そう怒るな。われわれのように、あくまでも人の道は歩き続けなければならないと考える日本人がいてこそ、これからの日本に役立つはずだ。おれも、決してこのまま引き下がりはしないよ」

その夜は横浜のホテルに一泊して、栄一は杉浦愛蔵のもてなしでひさしぶりに日本の食事を楽しんだ。翌日は東京に出た。江戸は、すでに「東の京」すなわち東京と名を変えて、西の京すなわち京都に対抗する都に性格を変えていた。薩摩藩や長州藩出身の官僚たちが、積極的にそういう工作を行なっていた。西郷隆盛、大久保利通、木戸孝允などの首脳部は、

「京都の一角に、天皇をいつまでも閉じ込めていては駄目だ。もっと国民の前に出、親しまれる存在として終始する必要がある。そのためには、旧習の巣である京都御所を放棄して、徳川政権の拠点であった江戸城を新しく皇居にすべきだ」

そういう意見を持っていた。早くいえば、京都から都を移そうという考えだ。明治天皇はこれに乗った。そして、明治元年に一度東京に来て一旦は京都に戻ったが、明治二年にもう一度東京に来ると、こんどは二度と京都には戻らなかった。そのまま東京に居ついてしまった。それが今日に至っている。だから、まだ、日本では京都と東京の二つの都市が首都であって、どちらか一つにするという勅令や詔や法律があるわけではない。いくら急進的な政策を実行しても、それでは京都をはじめ関西地方の人心が収まらないので、こういう妥協策をとったのである。曖昧のまま、現在に至っている。

東京に出て、栄一は自分にかかわりを持つ人々のその後の消息を知った。若い頃尊王攘夷運動で常に行動を共にし、やがては平岡円四郎の招きによって一橋家の家臣となった渋沢喜作は、いま箱館に行っているという。榎本武揚と一緒に戦う姿勢を示していた。栄一は、心が重くなった。喜作の気持ちにすれば当然だが、栄一から見るところ、北海道共和国は決して長続きするようなものではない。どうせ間もなく降伏するか、壊滅させられると思っている。その時、喜作が死んでしまっては、何とも口惜しいことだと思った。

前に随分心配していた尾高惇忠の弟長七郎は、去年やっと出獄できた。が、入牢中に精神に異常を来《きた》したのか、牢から出されると間もなく、自殺してしまった。その弟の尾高平九郎は、依然として兄惇忠の影響下にあり、喜作と共に関東地方を転戦した。そして、飯能《はんのう》近くの黒山というところで戦死した。

栄一は、激動の時代に生きる人間の様々な姿の縮図が、自分の身近にもあったと思った。そして一面、

(パリにいてよかった)

と感じた。もし、あのまま日本にいたら、栄一もおそらく殺されていただろう。というのは、徳川慶喜の大政奉還というウルトラC的な思い切った企ては、栄一が進言したものだったからだ。慶喜のブレーンだった原市之進も、栄一がパリに出発して間もなく暗殺されていた。栄一がもし残っていたら、

「徳川慶喜の黒幕は、渋沢栄一だ」

ということになったに違いない。そうなると、いかに親しくても西郷隆盛たちも放ってはおけない。坂本龍馬暗殺の真犯人は、幕府側よりも、むしろ討幕側ではないかという説さえある。そうなると、渋沢栄一もあるいは討幕派の連中によって暗殺されてしまったかも知れない。

「徳川慶喜をそそのかして、大政を奉還させ、有力な大名連合共和政体をつくった上で、

その議長にならせようとしている。とんでもない奴だ」

といわれただろう。命拾いをしただけでなく、こういう激動の現場にいなかったことが、のちの渋沢栄一を生んだ。この帰国直後の暗い時期は、新しい渋沢栄一が誕生するためのいわば〝陣痛期〟であった。

維新後の雌伏

慶喜のいる静岡へ

栄一は、東京に拠点を定めたまま、田舎の父に手紙を出した。

「この度、帰国致しました。帰郷すべきですが父上に勘当された身なので、帰郷することができません。もし、ご都合がよろしければ東京においでいただきたいと思います。お目にかかって、久しぶりにいろいろとお教えをいただきたいと存じます」

という丁寧な手紙を出した。父はすぐやって来た。昔のようなギラギラした様子はなく、むしろ漂白されたような滋味をたたえていたが、心の底から栄一のことを心配していることはありありとわかった。

「おまえが手紙に書いたとおり、おまえの志を遂げさせるために、心ならずも勘当した。いってみれば、いまのおまえは渋沢という名は名乗っても、わが家の者ではない。進退はもちろんおまえの自由だが、一体、これからどうするつもりだ？」

　そう聞いた。栄一は答えた。

「喜作たちは、箱館に行ってあくまでも新政府に抗戦するそうですが、私はそうは致しません。逆にまた、新政府に媚《び》を呈して、外国で学んだことを役立てようとも思いません。聞くところによれば、徳川崩壊の時に、幕臣の多くも逃げ散って、武士らしき忠義を尽くしたという人間は少なかったと聞いております。残念です。農民の出身でも、私は父上の教えを受け、また尾高惇忠先生に学んだものです。たとえ農民でも、人間として歩むべき道と、踏みはずしてはならない道だけは心得ているつもりでございます。旧主徳川慶喜公は、水戸謹慎ののち、現在は駿府《すんぷ》（静岡県）で、七十万石程度の領地を得、旧幕臣たちも徐々に集まっていると聞いております。そこで、私も駿府に参るつもりでございます。旧主に会い、できる限りの仕え方をした上で、今後どう生きるかを決めたいと存じます」

「わかった……」

　栄一の答えを聞いて、父はニッコリ笑った。

「昔とちっとも変わらない。安心したよ。おまえがいまいった人間の道を歩み続けてほしい。何といっても、八百万石もあった徳川家がわずか七十万石に領地を縮小され、次々と訪れる旧幕臣たちを扶養していると聞く。いろいろと金がいることだろう。これを持っていくとよい」

そういって父は、用意してきた金を出した。栄一は感謝した。

「頂戴いたします。何よりも心強い同行者でございます」

そういって、頭を下げた。そしてつくづく、

（この父は偉い）

と思った。

（この父なくしては、いまの俺もない。父の恩は無限で、本当にありがたいものだ）

と、しみじみこの父の息子であることの幸福を感じた。

そんな時に、水戸の昭武からも使いが来た。

「この度、父の死によって水戸家を相続することになった。が、君も知ってのとおり水戸家は、前々から騒動の多いところだ。若い私がよく治め得るかどうかちょっと自信がない。いままでも君の助けを得て、何とかやってこられた。そこで今度もぜひ君の力を借りたい。ぜひ水戸に来てほしい」

栄一は考え込んだ。昭武とはパリで何年も一緒に暮らしたし、本人もまだ未熟なので、ぜひ手伝ってもやりたい。しかし、何か栄一をためらわせるものがあった。それはやはり旧主人徳川慶喜への思いがあったからだ。父にも静岡（駿府）へ行くと約束したばかりだ。もちろん、昭武の手紙はその後から来たものだが、すぐには乗れない気持ちだ

った。

　栄一が日本に戻った時、かれは二十九歳だった。父と会った折り、自分の当面の考えを語って、栄一は静岡に行った。新政府は、いったんは水戸に謹慎させた最後の将軍徳川慶喜の子を、静岡藩の藩主に命じていた。禄高は、七十万石程度である。慶喜は静岡藩主の父だった。他の大名家と同じいい方をすれば、旧将軍家はいま徳川藩の藩主である。しかし、駿府城に入らずに宝台院《ほうだいいん》という小さな寺にいた。依然として、謹慎の姿勢を保っていた。そしてここに、食う道を失った旧幕臣が次々と集まってきた。

　栄一は静岡に行ったが、決して他の旧幕臣のように、静岡藩から俸禄をもらおうと思っていたわけではない。久しぶりに主人の徳川慶喜に会って、弟の昭武のフランスにおける学習ぶりや、外国の事情などを語りたかったのだ。倒れてしまった幕府の過去について、あれこれ詮索してもはじまらない。

「なぜ、こうなったのか？」

　ということを追及してみたところで、そうなってしまったのだから、もう徳川幕府を元に戻すすべはないのだ。栄一からいわせれば、

「慶喜のまわりには、いい家臣がいなかった。また、幕府首脳部も、依然として世襲制の特権を悪用している愚鈍な者ばかりで、時世に対する的確な対応能力を持つ者が少なかったためだ」

と考えていた。来るべきものが来たという受け止め方をしていた。他の幕臣たちのように、痛憤したり、嘆いたりはしなかった。それよりも前を見ていた。つまり、

「こうなった現状を、どうするか」

ということであった。

しかし、静岡に行った栄一は、だからといってすぐ静岡藩に仕えたわけではない。栄一は、パリで一緒だった徳川昭武から、自分が当主になっている水戸藩へ来るよう招かれていたが、それを断っていた。が、断りの手紙に対して昭武はまだ何もいってきてはいない。そうなると、律儀な栄一は、

「まだ、自分は自由な身ではない。昭武様が、わかった、水戸家に仕えることは水に流すから、忘れてよい、とはっきりいってくるまでは、半分はまだ昭武様の家臣として拘束されている」

と思っていた。

この辺が、渋沢栄一の複雑なところだ。つまり、かれは徳川幕府が倒れたといっても別に悲しんだり、怒ったりはしない。もともと武士が嫌いだからだ。武士が思うままに政治の実権を握り、農工商の三民を虐げてきたのは三百年にも及んでいる。そのために、栄一もしばしば嫌な思いをした。かれの場合は、まだ家が豪農だったから多少の防壁にはなったが、だからといって地域の他の農民たちに対して、「俺のところは別だ」など

と思ってきたわけではない。貧しい農民たちの虐げられ方に対しても、かれは義憤を感じていた。だからこそ、尊王攘夷論を唱え、

「徳川幕府など倒してしまえ」

と、討幕運動に邁進してきたのである。

が、方向が狂って、たまたま一橋家に仕えるようになった。まわりは全部武士だ。そうなると、やはり環境のせいでかれに武士の精神がまったく影響しなかったとはいえない。むしろ、かれの方が他の幕臣に比べて、「武士道」あるいは「士魂」を持っていたといえる。普通、かれのような立場だったら、徳川幕府が倒壊したのを機に、旧主慶喜も見限って、自分の好きな道に飛び込んでいっただろう。そういう状況ができたのだから、そうしても不思議ではない。また、かれの場合、そうしても、誰も文句はいうまい。

「あいつはもともと武蔵の豪農の家の出身で、幕府を倒したがっていた。いまこそ、かれは自分のしたいことができる状況になったのだから、仕方がない」

という目で見てくれる。しかし、栄一はそうしなかった。

かれに「武士道」あるいは「士魂」というような精神を植えつけたのは、いうまでもなく父と、一族の尾高惇忠だ。とくに尾高惇忠の影響は強い。武士道といい士魂といっても、栄一の受け止め方はあくまでも「人間の道」すなわち「道徳」ということだ。

「人として、歩まなければならない道と、踏み外してはならない道」

の存在だ。栄一は、死ぬまでこれを守る。しかし、その守り方がかれらしかった。かれは、あくまでも実業を目指していたから、

「道徳と経済の一致」

を願った。これが、かれの一貫した理念だ。また人生信条でもあった。かれの「道徳と経済の一致」という理念の表し方は、

「論語とソロバンは一致させなければならない」

というい方によって、他者に伝えられた。小さい時から学んだ論語の教えに、かれは深く共感していた。が、一方中国から伝わった儒学は、経済を軽んじていた。それが職業となった場合、商人を卑しんでいた。つまり、

「自ら生産しないで、農民や工人（職人）が作り出した品物を、ただ右から左に動かすだけで、利益を得るというのはけしからん」

という考え方が、日本でもずっと続いてきた。とくに、身分制の頂点に立つ武士は、

「武士は食わねど高楊枝」

といって、金や商人を卑しんだ。そのくせ、商人から金を借りては、踏み倒すような武士もたくさんいた。商人からすれば、

「口先ばかり偉そうなことをいっていて、やっていることは何だ。人の道にも悖《もと》るではないか」

という気持ちがある。しかし、だからといって商人の方が金の力だけを借りて、他者に対してふんぞりかえっていれば、それもまた間違いだ。栄一はそこで、いままでは絶対に一致することのなかった、論語（すなわち、商人を卑しむ中国の教え）とソロバン（すなわち経済、転じて商人）の一致をはかったのである。

栄一のこの「道徳と経済の一致」あるいは「論語とソロバンの一致」ということを考えていたのは、かれだけではなかった。たとえば、同時代のすぐれた思想家横井小楠《よこいしようなん》も同じことを唱えていた。横井小楠は、熊本出身の学者だったが、熊本ではあまり受け入れられず、むしろ越前藩に行って、そこの経済改革に力を貸した。かれの考え方は、

「日本は有道の国になれ」

ということであった。

「地球上には、有道の国と無道の国がある。いまは無道の国が多すぎる。とくにイギリスがそうだ。イギリスは、産業革命によって多くの製品をつくり出した。しかし、生産過剰になって、マーケットを諸国に求めた。とくにアジアを狙った。その中でも清国を狙った。中国が自分の思いどおりにならないと、阿片《アヘン》戦争を起こして、中国の領土に侵入し、中国人民を奴隷のように使いはじめた。あんなことは、道の有る国のすることではない。あの行為一つ見ても、イギリスは無道の国である。これに準ずるような列強が、次々とアジアを侵している。日本もその毒牙にかかるかも知れない。

しかし、日本には、イギリスはじめ列強に対抗していけるだけの武力がない。したがって、急いでそういう力を蓄えることが必要だ。しかし、だからといって、国際紛争のすべてを武力に頼るのは間違いだ。むしろ、日本は道徳を真っ向から掲げ、すなわち道徳を武器にして、列強と争うべきではなかろうか。というのは、本当は道徳というのは中国の特産品だった。が、その道徳がなくなったからこそ、いまのような悲惨な目に遭っている。そこへ行くと、日本にはまだまだ可能性がある。日本が、世界に先がけて、道徳を真っ向から振りかざし、悪どい列強を反省させ、世界をもっと人の道によって営まれるような社会にすることができるはずだ。日本は、率先して、そういう行動に出るべきである」

正確に小楠の言葉どおりに書いたわけではないが、そういう意味のことを主張した。どうだろうか。この考え方は、現在の日本にもそのまま当てはまるのではなかろうか。日本バッシングに血道を上げる世界諸国に対して、日本がいったん静かな姿勢に戻り、小楠のいうような「有道の国」として、世界の国々に語りかけたならば、かつて〝エコノミックアニマル〟とか〝イソップ寓話《ぐうわ》の蟻《あり》〟などと呼ばれることはなかったのではなかろうか。

栄一が、横井小楠たちの説をどこまで承知していたかどうかはわからない。しかし、唱えていることは同じだ。そして、小楠の、

「日本は有道の国になって、国際社会に進出すべきだ」

といういい方の中には、小楠流の国際貿易論が含まれていた。道徳を軸にして、国際交易を行なえというのが小楠の主張だった。そして、かれを顧問とした越前藩はこれを実行した。長崎に越前商会をつくって、外国貿易に乗り出した。越前藩は、たちまち多額の利益を上げた。その中心になったのが、三岡八郎《みつおかはちろう》（のちの由利公正《ゆりきみまさ》）である。また、小楠の教えを受けて、国際商社をつくったのが坂本龍馬だ。長崎の海援隊がそれだ。海援隊はのちに土佐藩に活用される。その上に乗ったのが後藤象二郎《ごとうしょうじろう》である。そして、海援隊の資産と思想を引き継いだのが岩崎弥太郎《いわさきやたろう》だ。岩崎は、のちに三菱商会をつくる。それが今日の三菱の基になる。

横井小楠のいっていた、

「日本が有道の国になれ」

ということは、まず国内からはじめなければならない。そして、国内にはそのよりどころとなる論がすでにあった。一つは、鈴木正三《すずきしょうさん》という戦国時代から江戸初期に生きた武士出身の禅僧の言葉である。正三は、

「商いには、有漏《うろ》と無漏《むろ》のものがある。無漏というのは、ホトケの心にそって他人を幸福にする商いだ。有漏というのは、ホトケの心に反いて、逆に他人を苦しめる商いのことだ。商人は全て無漏を志さなければならない。無漏の商いをすれば、その商いはその

ままホトケの心の代行だといえる」

と説いた。正三がこのことをいいはじめた時は、すでに徳川幕府は「士農工商」の身分制を日本人全部に押しつけていた。そのため、いままで勢いのよかった商人が一斉に自信を失った。士農工の三民の下にあって、身を縮め、三民の顔色を窺って生きなければならなくなってしまった。商人たちは、なぜこんなことになったのかわからなかった。士農工商の身分社会は、あくまでも人工社会だったからである。しかし、何といっても武士権力が完全に日本を支配してしまった時、どう抵抗のしようもなく、あがきようもなかった。武士と同じような立場で、日本の近世を開いてきた商人群は、全部身分的には転落した。これを見た戦国生き残りの鈴木正三が、

「商人よ、もっと自信を持て」

ということを主体に、こんなことをいいはじめたのだ。が、逆にいえば、

「商人よ、のさばるな。あまりにも暴利をむさぼると、痛い目に遭うぞ。ホトケも見放すぞ」

という言葉の裏返しになる。

もっと時代が下って、商人に自信を与えたのが京都の商人石田梅岩《いしだばいがん》の唱えた「心学」である。かれは勇敢だった。京都の錦市場の脇で講義所を開いたが、

「聴講料は必要ありません。どなたでもお聴きください。女性もどうぞ」

といって世間を驚かせた。かれが唱えたのは、

「武士には忠義というのがある。しかしよく考えてみると、この忠義というのは一種の労働契約ではなかろうか。つまり忠といっても、家臣が主人に対して提供するのは、頭と体の働きだ。つまり心身の労働だ。そして、その労働提供によって、家臣は主人から俸禄をもらっているのだ。

となると、商人も同じではなかろうか。商人にも主人がいる。主人というのはお客さんだ。だから商人は、お客さん本位に目一杯正しい商売をして、俸禄をもらう。お客さんが下さる俸禄というのは何だろうか。それはほどほどの利益だ。やはり、利益にも限度があるので、それを超えるような利益を受けることはよくない。ということは、取りも直さず商人は主人であるお客さんに対して、忠節を尽くさなければならないからだ。商人がお客さんに尽くす忠節というのは、よい品物を、安い価格で提供することだ」

この「心学」は、次々と日本中に広がっていった。現在でも確か「日本心学会」というのがあって、参加している実業家はたくさんいると聞いている。

せっかくこういういい説が、日本にすでにあったにもかかわらず、なかなか活用されなかった。〝良薬は口に苦し〟ということかも知れない。あるいは、開国以来、目先の利益に血眼《ちまなこ》になってしまって、日本の商人たちにはそこまでのゆとりがなかったのかも知れない。栄一は、この辺のところを嘆いていた。

かれは、徳川幕府を倒した連中が、いまは肩で風を切って羽振りのいい生活をしているのを、決して快く思っていたわけではない。栄一にすれば、かつて京都で見た志士の本物と偽物のうち、結構偽物も混じっていて、その連中が新政府でそっくり返っているという風に思えた。だからこそ、かれは父に、

「あの連中が構成している新政府で、仕事をしようとは思いません」

といい切ったのである。

栄一のこの「道徳と経済の一致」、砕いていえば「論語とソロバンの一致」という考え方の底流は、よく、イギリスの先覚的経済学者アダム・スミスになぞらえられる。しかし、栄一は別に系統立てて経済学を学んだわけではない。持ち前の勘で、かれは世界のすぐれた経済学者の論を、感覚的に身につけていたのだ。この辺は、他の人間にない一種の才能というか、先天的なものだった。

栄一がいまひそかに心に期しているのは、

「新しい日本において、道徳に一致された経済の発展を実現する」

ということだった。そして、その基幹として、「銀行」を日本につくろうと考えていた。が、その前に、かれのいわゆる「士魂」が静岡に赴かせ、主人徳川慶喜のその後の姿を、はっきりと自分の目で見定めたかったのである。

慶喜は喜んだ。しかし栄一はビックリした。慶喜があまりにも憔悴《しょうすい》し切っていたか

らだ。

（大変な心労だったのだな）

と感じた。慶喜は懐しそうに、いろいろなことを栄一に語った。そして、

「もともと一橋の人間でもないのに、おまえのそういう温かい気持ちは実に嬉しい」

と涙ぐんだ。栄一は恐縮した。

〝実業の道〟への決意

その栄一に、静岡藩の藩庁から呼び出しが来た。礼服を着て行ってみると、中老《ちゅうろう》から辞令を渡された。読むと、

「勘定組頭を命ずる」

と書いてあった。いきなり中老に断るのもはばかられたので、栄一は辞令を持ったまま勘定所に行った。そして、勘定頭の平岡（円四郎とは別人）、小栗の二人に会い、こういった。

「私が静岡に来る時、フランスでお仕えしていた昭武公から、慶喜公へのご親書を預かって参りました。おそらく、ご返事がいるものではないかと思っております。慶喜公のご返事が頂戴できたら、それを持っていったん水戸へ参り、以前お話のあった水戸家へ

仕えよという問題をはっきり整理して、その時もう一度静岡に戻るかどうかを考えるつもりでおりました。今回静岡に参ったのは、あくまでも旧主慶喜公にお目に掛かり、その後の話などして、お慰めすることでございました。それが今日突然、こういう辞令を頂戴致しました。身に余ることではございますが、そういう事情でにわかにはお受けできません。どうか、慶喜公のお側の方に、昭武様へのご返書は一体どうなっているのか、その辺をまず伺っていただきたいと思います。それまで、この辞令はお返し致します」

平岡と小栗は顔を見あわせた。そして、

（また、こいつの悪い癖がはじまった）

と目で語りあった。何につけても筋を通す。それも自己流の筋だ。栄一にはもともとそういうところがある。フランスに行ってもちっとも直らない。昔のままだ、と二人の表情は語っていた。

しかし、いい出したら聞かない栄一のことなので、平岡は、

「それでは、お中老に伺ってくる」

といって、栄一に辞令を渡した中老のところに行った。やがて戻ってきてこういった。

「昭武様へのご返書は、上様の方では別にお手紙をお出しになるそうだ。だから、おまえはそのことを忘れてよいとの仰せである。それよりも、どうしても藩庁の勘定所ではおまえが必要なのだ。辞令を受けてほしい」

そのいい方が居丈高だ。押しつけがましい。昔ながらの武士の悪いところがそのまま出ている。栄一はカチンときた。

「いや、そういう理由では納得できません。辞令は受け取れません」

そういって、かれはサッと立ち上がった。平岡と小栗はあっけに取られて、栄一を見送った。しかし、そのままに放っておけないので、平岡はすぐ勘定所から大坪《おおつぼ》という役人を栄一のところへやって、理由を聞かせた。栄一は、すわり直して大坪にこう語った。

「静岡藩とか、徳川藩とか名は改めても、中味は相変わらずです。中老だ勘定組頭だなどという昔のままの職名についている人は、職名だけでなく中味もまったく変わらない。武士中心の考え方で、人の情というものを微塵《みじん》もわきまえていない。

私は、何度も申し上げたとおり、わずか七十万石に減ってしまった徳川家の禄を目当てに、静岡に来たのではありません。伺ったのは、あくまでも、昭武様のご親書を携えて、慶喜公に差し上げることと、同時にまた、私自身の経験を慶喜公にお話し申し上げて、お慰めとしたかったからであります。それに、慶喜公も、一橋家以来、幕府崩壊に至るまでのいろいろな御物語《おものがたり》などおありになると思い、それを伺おうとしてやって来たのです。にもかかわらず、そういう情の面を無視して、手紙はこっちで出すからおまえは忘れていいなどというはおろか、いきなり、勘定所に出仕せよなどという辞令を出すとは何ごとでありますか。

本来なら、私は昭武様のお供として、いまも昭武様の外国留学をお助け申し上げなければいけない身でありました。しかし、この度のご国難に遭遇し、昭武様も心ならずも日本にお戻りになられました。そして、水戸家を相続なさったのです。私もやむを得ず帰国いたしました。昭武様のお心の内を察すれば、私には感無量なものがあります。同時にまた、政権を返上したにもかかわらず、新政府の方針によって、一藩主の父君になられた慶喜公のお胸の内も、察するに余りあるものがあります。

そういうご憂情をお慰めしたいだけの思いで参りましたのに、いきなり私に辞令を出して、勘定所の仕事をせよとおっしゃる。こういうことだからこそ、幕府はつぶれてしまったのです。つまり、主人の脇にある方々が、もっと道理と人情をわきまえておられたならば、今日の事態は防ぎ得たはずです。にもかかわらず、一挙に七十万石に減らされた俸禄を、鼠《ねずみ》のようにかじり取るような群が次々とここに集っております。中老や勘定組頭はその筆頭だといってもいいすぎではないと思います。

私自身も、もう嫌気がさしました。慶喜公にもお会いしてお話は済んでおりますので、早々にこの静岡を立ち去るつもりです。どうかそうお伝えください」

大坪は藩庁に戻って、上役に正確に栄一の話を報告した。これを聞いていたのが、重役の大久保《おおくぼ》忠寛《ただひろ》という人物だった。一翁《いちおう》と号していた。大久保は、黙って大坪の報告を聞いていたが、

「渋沢は少し誤解している」

といった。

「俺が直接渋沢に説明してこよう」

そういって、栄一の宿舎にやってきた。

「君が腹を立てているのはよくわかる。しかし、ちょっと誤解をしているぞ」

「私は誤解なんかしておりません」

「いや」

大久保は首を振って、説明した。

「まず、君を勘定組頭に命じたのは、慶喜公のご直裁である。また、昭武様へのお手紙も、こちらで出すから渋沢は忘れてよいというのも、慶喜公のご直裁である。なぜ、そういうご直裁をなさったかといえば、慶喜公がお考えになる水戸家というのは、いろいろと煩わしい問題があるからだ。

君の身柄については、実をいえばすでに慶喜公のところにもご依頼があったのだ。ぜひとも水戸藩にほしいと、昭武様は慶喜公にお願いのお手紙をお出しになっている。が、慶喜公は、お認めにならなかった。というのは、君が水戸に行けば、フランスでのよしみもあって、おそらく昭武様は君を頼りとし、君を中心に水戸家の藩政をとり行なうようになるだろう。そうなると、いわゆる水戸っぽと呼ばれる心の固い連中が君に嫉妬し、憎むに違いない。やがてはそれが高じて、君の生命そのものも危くなる。そこで、慶喜公は、君を水戸家にやることははっきりお断りになった。しかし、いま話したようなことを理由にするわけにはいかない。そこで、静岡藩の方で、当面必要なので、渋沢を水戸に渡すわけにはいかないということになったのだ。そのため急遽、君に勘定組頭という辞令を出したのだ。もちろん、いまの静岡藩庁で君の才腕を必要としていることは確かだ。水戸の昭武様にお断りになった慶喜公のお顔を立てる意味でも、君は辞令を素直に受け取るべきなのだ」

「………」

栄一は、衝撃を受けた。

(なるほど、そういうことだったのか)

と感じた。とくに、徳川慶喜がそこまで自分のことを考えていてくれたのかと思うと胸に迫った。瞼が熱くなった。しかし、慶喜の心は心として、やり方はやはりどこかおかしいと感じた。それならそれで、昭武様にはっきりそういうべきで、姑息にいきなり辞令を出して、

「こういう風に、渋沢には勘定組頭の辞令を出したので、そっちに渡すわけにはいかない」

というやり方は、またまた義理と人情を欠くものではなかろうか、と思った。

この辺にも、徳川慶喜という人間の一部に、そういう面があるのではないか、という気がした。つまり、大政奉還から、大名連合による共和政体の進言をし、その議長になるべきだという意見をあれだけ出しても、それが実行できなかったのは、結局のところ徳川慶喜の人間性の一角に、欠陥があったのではないかと感じ取った。

幕末のギリギリの時期に、先代将軍家茂に死なれた後、慶喜は栄一の進言によって、徳川本家だけを相続した。すぐ将軍にはならなかった。将軍になるのには六カ月の時間を置いた。その間に慶喜は、「長州大討ち込み」と称して、長州藩を征討しようとした。勘定奉行小栗上野介が先頭に立って、フランスから北海道を担保に六百万ドルの借款をしようとした時だ。が、一方ではそういう積極策をとりながら、徳川慶喜は勝海舟を長州に派遣している。そして、ひそかに和平交渉をさせた。勝は単身長州に行って、長州側の代表者と会い、話をまとめた。長州藩主毛利氏《もうりし》を一カ月間くらいの謹慎にして、事を穏便に済まそうとしたのだ。長州側は驚いた。

「そんな程度で、お許し願えますか？」

そう確かめた。勝は胸をたたいた。

「俺は、将軍の代理でこの話をまとめにきたのだ。約束は必ず守る」

ところが、勝がでかけた留守に、徳川慶喜は早くも心がぐらついた。そして、天皇から勅語を出してもらった。勅語には、

「長州藩、占領地から引き揚げて謹慎せよ。そのことを確かめた上で、幕府は長州征討軍を退けさせよ」

というようなことが書いてあった。勝は面目を失った。長州藩は激昂した。

「勝は大嘘つきだ。長州藩の実状を探りに来たのだ」

勝海舟の信頼度は完全になくなってしまう。勝も怒った。

「慶喜様は裏切り者だ！」

しかし、勝は一面では、

「慶喜様は、そういうこともやりかねない」

と思っていた。強い策を推し進めても、それを推し通さずに、どこかでグラついてしまうところが慶喜にはあった。だから、今回の扱いについても、そういう処世術めいたことをするのだ。

栄一は、ちょっと憂鬱になった。そうなると、いったんは慶喜の温かい思い入れに感謝はしたが、だからといって、いったん啖呵《たんか》を切ってしまった以上、辞令を受け取るわけにはいかない。栄一は拒んだ。

「慶喜公の温かいお気持ちには、涙が出る思いです。しかし、ご事情を伺えばよけい、私の士道が辞令を受け取ることを許しません。妥協策として、このまま静岡にいさせていただき、水戸には参りません。しかし、藩庁には出仕致しません」

といった。頑強な栄一の抵抗に、大久保もいささか持てあまし気味で聞いた。

「静岡にいて、何をするつもりだ？」

「当分は、農商の業に励みます。そして、外国で学んできたことを、この静岡の地で実験してみようと思います」

「そうか、残念だな」

「ご重役」

栄一は顔を上げた。

「私が農商の業に励むといっても、私利を得ようというのではございません。静岡藩のため、ひいては日本のために、新しい農商の業を通じて実業の道が確立されればと期しているところでございます」

「実業の道？」

聞き慣れない言葉なので、大久保には理解できなかった。大久保は無念だった。ここまで情理を尽くして話をしても、こいつはついにわからないのだと腹を立てた。大久保は、ふくれっ面をして帰っていった。栄一も後味は悪かったが、しかしかれの心の底に据えられている人生信条からすれば、当然のことで、どんなことがあっても辞令を受け取ることだけはできなかったのである。

商法会所の頭取として新政府に貢献

新政府は、この頃諸藩に対して、「石高拝借」という制度をつくった。これは、新政府の会計を担当していた由利公正が考え出したものだ。簡単にいえば、政府が太政官《だじょうかん》札《さつ》と呼ばれた金札を発行して、政府の財政の助けとし、同時に日本内乱で疲れ切っていた諸藩の財政をも助けようという策だった。発行した紙幣を、大名の石高に応じて政府が貸しつけ、やがて返還させるという方法である。一万石につき、一万両ずつ貸しつけるということなので、静岡藩にも七十万両の紙幣が割り当てられた。そして、当面五十三万両が貸しつけられた。この使い道について、藩庁首脳部はいろいろ協議をした。しかしいい案はなかった。誰かが、

「渋沢の意見を聞いたらどうだろう?」

といい出した。中には、

「あの生意気な男のいうことなど、聞く必要はない」

と拒否反応を示す者もいたが、大久保たちが先頭に立って、栄一に使いを発した。栄一はこの話を聞くと、即座に意見を出した。それは、外国で徹底的に学んできた国の財政、あるいは地方の財政について、かれはかれなりに一つの考え方をまとめていたから

である。栄一はいった。

「新政府からの金札を、ただいたずらに藩政の経費にまわしてしまったのでは、結局は残るものもなく、藩はただその返済に苦しむことになりましょう。また返済するといっても、静岡藩は、幕府倒壊後新しく生まれた藩なので、何の蓄積もありません。蓄積というのは単に予備金だけではなく、藩として他国に売り出せる品物が確立していないということも含まれます。徳川家は、すでに政治的破産を致しました。七十万両を漫然と使ってしまえば、今後は財政的破産をせざるを得ません」

「酷《ひど》いことをいう」

重役たちは苦笑した。栄一は笑いもしないで続けた。

「世界の潮流からすれば、徳川政権が倒れて、新政府が生まれた以上、やがては日本も郡県政治に移行せざるを得ないと思います」

「郡県政治とは何だ？」

そういう方面に知識のない重役が聞いた。

「政権のすべてが中央政府に統一され、各大名家がその傘の下に入って行政を行なうということでございます」

「それなら、昔の幕藩体制の時と同じではないか」

「いや、違います」

「どこが違うのだ？」

「昔の幕藩体制では、京都に天皇がおられながら、大名が主人としたのは、実は徳川家でありました。本来なら、徳川家も大名家の一人であって、王臣であったはずでありますが、大名たちはそうは考えませんでした。天皇をさておいて、徳川家こそ主人だという風に考えてきました。考えてきたというよりも、徳川家がそう考えさせてきたのであります。それが、いまは大名もすべて王臣であって、徳川家もその一人になりました。郡県制というのは、これがさらに拡大されて、各郡県の長には、いまのように地つきの大名がなるのではなく、政府の方から派遣される者がその任につくという制度でありますす」

「それでは、大名が、あっちの国こっちの国と移動するということか？　そんなことは、昔でも転封《てんぽう》という制度があったではないか」

「一見、転封に似てはおりますが違います」

栄一はもどかしくなった。栄一がいっているのはいわゆる「中央集権」と「地方自治」のことだったが、そんなことはなじみのないこの連中に話しても理解は得られない。栄一は、話のスピードを早めた。

「いずれにしても、郡県制がとられたとしても、生き抜いていくためには、藩そのものの経済力を強めなければなりません。そのためには、もっと産業を興し、利益を得なければ駄目です。そこで、申し上げたいのは、政府から貸しつけられた金札を、すべて、この産業振興の基金にしたらどうかということであります。そして、その基金の活用方法についても、いままでのような日本的なやり方ではなく、新しいヨーロッパ流の方法を導入してはいかがかと思うことであります」

「具体的にどういうことをやりたいのだ？」

大久保が聞いた。

「一言でいえば、共力合本法という方法であります」

「共力合本法？」

重役たちは顔を見あわせた。いよいよ話がわからなくなったからだ。栄一が考えていた「共力合本法」というのは次のようなことだ。

一、政府から貸しつけられた金札を、基金にする。

一、しかし、これだけではなく、静岡地方には今川家《いまがわけ》の支配以来、後北条氏《ごほうじょうし》の支配を経て、徳川家康がここに隠居した頃を含めて、商人が保護され商業が発達した。今川時代には、駿府の商人たちが、年貢の徴収の代行まで行なっていたという。そういう伝統があるので、静岡は一面商人の町でもあった。支配者は代わっても、この商人は蓄積した資本を持っている。そこで、この静岡の商人が持っている地方資本を、藩の基金に加える。つまり合本だ。
一、この基金を基にして、地域の産業振興をはかり、付加価値を加えるような製品開発をする。それを他国に売り出し利益を上げる。
一、この利益の中から、政府への借金を返す。
一、基金の運営には、藩庁の役人だけでなく、静岡の地域商人も加える。
一、そのために、この基金を運営する組織をつくる。この組織をたとえば「商会」と呼ぶ。

この考え方の底には、大事なことが一つある。それは、栄一はかねてから、
「たとえ商業といえども、一人の力はたかが知れている。また、独断に走ると、必ずしも相手の幸福を促すようなことにはならず、逆に相手を苦しめる場合がある。これは道に悖る。これを避けるためには、商人が共同体を組織して、手を取りあって運営していくことが必要なのだ」

と考えていた。

つまり、栄一が信念としている「道徳と経済の一致」、別な言葉で「論語とソロバンの一致」を実現するには、一人ではなく、商人が共同組織をつくって運営することが必要だというのだ。渋沢栄一は、のちに数百の会社を興したり、商法会所（現在の商工会

議所）をつくったりする。そのため、

「渋沢栄一は、組織づくりの名人だ」

といわれた。確かにその通りだ。かれは先天的なオルガナイザー（組織者）だった。そういうリーダーシップを持っていた。しかし、かれは強引なリーダーではなく、あくまでも、理で相手を説得し、納得させた上で参加させるという方法をとった。無理をしない。根気強い。そのために、かれ自身が自分を常に変革し、徳を磨くことを旨とした。不断の自己改革を続けたのである。いまの言葉を使えば「生涯学習」をやめなかったということだろうか。

栄一にすれば、自分が話した案は、外国で学んだ経済理論をそのまま移行して、日本の経済の近代化をはかることであり、そのことに何の疑問もなかったことだ。外国で成功していることを、そのまま日本に移そうとしたのだ。そして、これにいくらか日本的特性を加味しようとしたのだ。

しかし、藩庁の重役たちにとってはそう簡単なことではなかった。まして、藩立の商会をつくって、その運営の大半を地域商人に任せるなどということは、何か割り切れなかった。ここにも依然として、いままでの「士農工商」の観念が働いていた。栄一は、苦々しく思った。

（まだそんなことをいっている。いつまでもそんなことをいっていると、先の政治上の

破産から、本当に財政上の破産を招くぞ)

と思った。

栄一の案にもっとも関心を示したのが、勘定頭の平岡だった。平岡は、前々から栄一とは接触があったので、栄一の人柄を知っていた。栄一は決して私利私欲でそういうことをいうのではないと思っていた。それに、栄一は外国生活が長い。平岡は、

(おそらく、外国で日本のためになることを学んできたのだろう。昭武様が勉学したのと並行して、渋沢自身も、多くのことを学んだのだ。それをかれは、静岡藩のため、ひいては日本のために活用しようとしている)

と感じた。しかし、平岡自身も、自分の一言でいまの藩庁がすぐ動くとは思わなかった。

(渋沢の案はいいが、しかしそれを実現の段階に持っていくまでには多少の時間がいる。その説得には自分が当たろう)

と考えた。そこでこういった。

「なかなか面白い案だ。一考に値する。しかし、藩の事情もあるので、いま君が話したことを文書にして差し出してはもらえまいか。もう少し、われわれの方でも検討したい」

といった。栄一は平岡を見返し、目で、

(よくわかりました)

とうなずいた。計画書を出した。明治元年（一八六八）の暮れのことだったという。

翌二年の春になって、栄一は平岡から呼び出しを受けた。

「君の案が採用されることになった。ついては、君を新しくつくる商会の頭取に命じたいので、早速商会の設立準備に入ってほしい」

といった。栄一は喜んだ。これでやっと、藩庁から前に命じられた「勘定組頭」辞令返上のしこりが解けたと思った。栄一は、静岡の紺屋町《こうやまち》というところに事務所を設けた。そして、

「商法会所」

という看板を掲げた。藩の役人よりも、むしろ商人たちに期待した。十二人の静岡商人に「用達《ようたし》」という辞令を出し、商会員とした。商会の仕事は、いまでいえば銀行と商社を一緒にしたようなものだった。総取締は頭取の栄一である。勘定所からも、有能な役人を数人選んで、名目上はこれを立て、商人の用達をその補佐として業務を開始した。

仕事の内容は、商品抵当の貸付金、定期当座預金、地方農業の奨励のため他国から農民を招いて、農耕資金を与える、あるいは、茶の生産を拡大する、また外国で評判のいい生糸生産を奨励する、などである。また、安い肥料を買い込んできて、農民に売った。元資金は、案の通り、政府から借りた太政官札と、地域商人たちが供出した資金である。

この商会の運営で、栄一がずっと志していたのは、

「政府から借りた金札を早く返し、商会の資金を正貨に換える」

ということであった。正貨に換えるというのは、当時まだ政府の紙幣にそれほど信用度がなかったから、金に換えるということである。栄一は、自分から買いつけや、売り出しに従事した。

この方法は、日本の各地から注目された。真似《まね》をする者が出てきた。が、一方では、

「政府から借りた金で、藩庁が商売をするのは、朝廷（新政府）の趣旨に反くものではないか」

という見当はずれな批判も起こってきた。静岡藩庁はこれを気にした。というのは、藩主の父の徳川慶喜は一時「逆賊」と呼ばれ、まだその汚名がぬぐわれていなかったからである。ひたすら、朝廷に対しては、恭順の姿勢を保たなければならなかった。それが、

「朝廷から借りた金で、儲け商売をしている」

といわれたのでは、さらに何をいわれるかわからない。そこで、静岡商法会所の看板は一時期、

「常平倉《じょうへいそう》」

と改めた。しかし、改めたのは看板だけで、やっていることに変わりはない。藩庁も、商会の仕事には注目していた。着々と事業が根づき、応分の利益が上がりはじめたから

である。渋沢栄一は、単に静岡藩を富まそうと思って、この商会をつくったわけではない。かれは、

「静岡藩のためではなく、日本のために商会をつくったのだ」

と心の中でうそぶいていた。つまり、かれがこの時実現した「合本主義」が、その後の日本の経済の近代化を促進する、つまり、資本主義を育てることになる。かれが合本主義にかかわり、とくに商人を商会の構成員にして、実務を担当させたのにはわけがあった。それは、明治新政府の首脳部が、ほとんど反幕大名家の下級武士であったために、一種の成り上がり者気分が横溢《おういつ》していた。とにかくこの連中が「官員様」といって、馬車を乗りまわし、その上で髭《ひげ》をひねりながらソックリ返って往来する様は、次第に栄一に腹を立てさせた。

「これでは、結局は昔の士農工商と同じではないか」

と思えたからだ。士農工商時代は武士が一番威張っていた。ところがいまは、これに対して「官員様」が取って代わった。そして、人民を見下す。昔の士農工商と変わらない。武士の代わりに官員が首位に立った。だから、日本国内には次第に、

「官尊民卑」

の風潮が生まれている。まごまごすれば、昔に戻るか、あるいは昔よりももっと酷い社会ができ上がってしまう。

「それを食い止めるのは、経済以外ない」

「士魂商才」の精神

かれは、フランスで見た商人と軍人の水平的な交流が忘れられなかった。フランスでいろいろかれに経済のことを教えてくれた銀行家に対して、軍人が礼儀を尽くし、むしろ遜《へりくだ》った態度で接していた。あれは単に金力に対する慴伏《しょうふく》ではない。国を富ませる知識と能力を持っている存在に対して、軍人が敬意を払っているということだ。日本でいえば、武士が商人に対して敬意を持つということである。栄一の願いはそこにあった。

「武士と商人を共存共栄の立場に持ち込まなければいけない」

幕末当時にはそう考えていた。その武士社会で下剋上《げこくじょう》が起こり、低身分の武士がいまは政府の首脳部にのし上がっている。高級武士たちはみんな没落してしまった。それはそれでいい。しかし栄一は、もっと積極的なことを考えていた。それは、

「早く、武士などなくなれ」

ということである。そのためには、やはり商人がただ利益を追求する存在だけではなく、経済人として尊敬されるような力を持たなければならない。それがすなわち、

「道徳と経済の一致の実現」

なのだ。

　ということは、別な見方をすれば、栄一は栄一なりに商人を丸ごと評価し、認めていたわけではないということになる。やはり、批判されても仕方のないような悪い面が、当時の商人にもあった。身分制によって一番劣位に置かれたことから、商人が頼ったのは金の力だった。かつて、

「大坂の商人が一度怒れば、日本の大名が全部震え上がる」

　といわれたことがあった。これは、依然として古い米経済に依拠する大名家の財政が、商人からの借金に頼らなければ保てなかったからである。保てないどころではなく破産状態であった。日本中の大名が、全部商人に借金していた。だから、金力を背景にする商人には、本当のところをいえば大名家も頭が上がらなかったのである。大名家の重役の役割は、いかにして、商人を拝み倒し、藩に必要な金を借りるかということに尽きていた。そのため、商人の中にはおごり高ぶる者もあった。分限を忘れ、商売の初心を忘れる者もいた。商売の初心というのは、鈴木正三のいった、

「商人の行ないは、ホトケの心の代行でなければならない」

　ということだ。あるいは石田梅岩のいう、

「商人は、主人である客に、忠節を尽くさなければならない」

　ということである。

そのために、栄一は、武士精神である「士魂」と、商人の保つべき姿勢との融合をはかったのだ。そして、士魂を日本人精神と考え、商人の保つべき姿勢を外国商人のそれから考えた。よく幕末には、開明的な先覚者たちによって、

「和魂洋芸（才）」

ということがいわれた。つまり、

「日本人の精神を失わないで、外国のすぐれた知識や技術を導入する」

ということである。栄一はこれを経済の面において行なった。かれの考える「道徳と経済の一致」ということは、

「道徳を、中国の儒学で鍛えた武士の精神に求め、商人の知識や技術を外国に学ぶ」

ということである。その意味では、渋沢栄一の思想というのは多少複雑だ。つまり、かれは武士が徹底的に嫌いだったが、しかしその精神まで拒もうとはしなかった。福沢諭吉も同じだ。諭吉も、

「教育をほどこすに足る日本人は、何といっても武士の出身者の方に多い」

というようなことをいっている。やはり、何だかんだいっても、武士は武士なりに、その立場上勉学だけは怠らなかったからである。それが商人側は、

「商人にとって必要なのは、読み書きとソロバンだけだ」

という気風が蔓延《まんえん》していて、それ以上の勉学に進まなかった。そこに栄一の不満があ

った。

「商人も、向上しなければ駄目だ」

その向上の一環として、かれは「商会」という共同組織を考えた。つまり商人が一カ所に集まり、共同の目的に進むことによって、お互いに切磋琢磨《せっさたくま》し、自己学習をし、前へ前へと進んで行く縁《よすが》をここにつくろうとしたのである。だから栄一の実現しようとした「和魂洋才」は、次第に「士魂商才」に変わっていた。

徳川幕府が倒れるまでは、日本の社会は「士農工商」という身分制で貫かれていた。それが、幕府が倒れ、やがては大名家でさえどうなるかわからないという風になったのに、今度は新しく「官尊民卑」の風潮が世に罷り通りはじめた。官尊の官は、かつて外様大名だった薩摩藩や長州藩などの下級武士だ。つまり成り上がり者である。これが、髭をはやして、馬車に乗ってソックリ返ってのし歩いている。民は、そのたびに小さく身を縮めて道の端に寄らなければならない。

「こんな馬鹿なことがあるか」

日本に戻った栄一は、痛憤した。

しかし、だからといって、栄一がそういう民衆たちのために立ち上がったということでもない。福沢諭吉も同じだが、明治の先覚者たちは、一時期、大衆をエリートと愚民にわけた。

福沢諭吉も、慶応義塾を開いて若い子弟たちを教育しつづけたが、やがてこんなことをいう。

「やはり、育て甲斐のあるのは武士の子弟だ。農工商三民の子弟は、教えにくいし、また理解も遅い」

こうして、明治初年の福沢は、慶応義塾で教える子弟を、ほとんど武士の子弟にしぼってしまう。農工商三民は、どうしても教育するのに時間がかかると判断したのだろう。渋沢栄一の「和魂洋才」から「士魂商才」への移行は、別な道を辿ってはいるが、やはり福沢と同じように精神の持ち方において、やはり武士の方がまさると判断したのではなかろうか。

あれほど、武士の存在を嫌ってきた栄一が、ここでは「士魂」すなわち「武士精神」を武器に、官尊に立ち向かおうとした。これはやはり、一橋家に長年仕えて、武士社会になじみ、いつの間にか、かれ自身が〝侍らしく〟なっていたからだろうか。

そして何よりも、かれが標榜《ひょうぼう》している「論語とソロバンの一致」がその根幹になっている。論語の精神は、江戸時代もずっと武士の間で保たれた。中国の儒学精神は、まさに武士階級が精神的なよりどころにしていたのである。これは、意識するとしないとにかかわらず、まるで皮膚感覚のように、いつの間にか渋沢栄一の身にもついていた。

栄一の脳裡《のうり》には、かつてパリで見た、高級軍人と銀行家とのやりとりの光景が映った。

高級軍人は、威張らずに銀行家の意見に謙虚に耳を傾けていた。そして、接する態度も非常に礼儀正しかった。いってみれば、高級軍人は日本の武士だ。銀行家は商人だ。それが、軍人の方が逆に銀行家を尊敬しているということは、商人の方にもそれだけの力があったからである。

栄一は日本に戻って、

「それを日本で実現するのは、やはり士魂商才以外ない」

と思った。いよいよ論語とソロバンを一致させる実業家への志が胸の中で湧き立った。

貫き通した「論語とソロバンの一致」

大隈重信のたくみな誘い

現在でもよくいわれることだが、

「サラリーマンの給与は、月給だけで判断すべきではない。定年までの給与や、その後の年金支払いなども含めて、生涯給与としていくらかかったかという風に考えるべきだ」

という説がある。そしてもう一つ、

「サラリーマンには、単に仕事をさせているだけではない。企業側が、金をかけて学習もさせているのだ」

という説がある。いってみれば、サラリーマンも個人の立場では〝生涯学習〟に努力する。しかし、職場においては、経営者側がその生涯学習の補助をかなりしているという説だ。ポストが上がるにしたがって、必要な知識や技術を教え込むのは、個人の努力というよりも、むしろ企業組織の環境であり、同時に貸与する物的施設であり、また人的指導者の提供だ。そういう恩恵を、サラリーマンの誰もが受けている。

つまり、物をつくったりサービスを提供したりするのに、コストがあるのと同様、サラリーマンにもそれぞれコストがあるということである。俗な言葉でいえば、

「サラリーマン一人ひとりには、みんな金がかかっている」

ということだ。資金が、定年まで投下されているという考えである。

こういう考え方がいいか悪いかは別にして、そういう観点から眺めれば、徳川幕府に仕える武士たちは、この生涯給与をふんだんに受けていたということになる。仕事のある者はほとんど一部だ。大半は、ブラブラしていた。中には、内職に精を出したり、あるいは小説を書いたりしていた者もいる。そういう連中を、まったくクビにせずに世襲制として抱えていたのだから、当時の幕府の財政は大変だ。

しかし、それだけに、いろいろな場所に多くの人材が埋もれていたことも事実だ。幕末になって、老中阿部正弘が一挙にそういう人材を集め、国難に当たろうとした時、かなりの人物が次々と現れたのも、長年にわたる、このいわば〝無駄飯を食わせてきた〟育成法にその原因があった。

そして明治維新後も同じであった。最後の将軍徳川慶喜の子が藩主になった静岡藩には、そういう幕臣がゴロゴロしていた。

たとえば、幕府の蕃書調所《ばんしょしらべしょ》（開成所）で活躍していた学者の西周《にしあまね》などはその代表だ。かれは静岡に行くと、

「こういう落ち込んだ時期でも、後継者養成に力を尽くさなくてはなりません」

と慶喜に進言した。慶喜はこれを受け入れた。西は学校をつくった。これが有名な沼《ぬま》津《づ》兵学校だ。兵学校といっても、軍人を育てるわけではない。一般の学問を授けた。とくに西はオランダ学者だったから、外国の学問もどんどん教えた。兵学校というのは、「武士の学校」という意味だろうが、もちろん武士に限らず、農工商の子弟も入学できた。

この学校に目をつけたのが、政府の軍制改革に努力していた長州藩の大村益次郎である。

大村は、沼津兵学校の噂を聞くとすぐやってきた。そして西に会い、感嘆した。

（この先生はすばらしい人だ。新政府に来てもらえれば、どれほど日本の軍隊の近代化に役立つことだろうか）

と感じた。東京に戻ると、そのことを上役の山県有朋《やまがたありとも》に告げた。山県も同じ長州藩出身で、大村の先輩だ。山県は大村に、

「西君を、政府に呼び出せ」

と命じた。こうして、西周は、山県に重用され、その後の日本陸軍の近代化に力を尽

くしていく。かれのつくった「軍人勅諭」は有名だ。山県や大村は、

「これからの日本の軍隊は、武士中心では駄目だ。武士の方がむしろ弱い。強いのは農工商三民だ。したがって、国民皆兵の制度をとるべきだ」

と考えていた。軍人勅諭の書き出しには、

「およそわが国の軍隊は、世々《よよ》、天皇の統率したもうところにぞある……」

とある。つまり、武士政府を否定して、はじめから天皇が政治をつかさどり、直接手足となる武力、すなわち親兵を持っていたということを示したものだ。これは、山県・大村ラインの考えることに一致していた。


西周は、単に陸軍の近代化に尽くしただけではなく、日本の思想関係、とくに哲学の分野に大きな柱を立てた人物だ。「哲学」という言葉自体、西がつくり出したものである。

こうして、

「静岡藩には、人材がたくさんいる。旧幕府で育てられた優秀な人物が、藩士の指導に当たっている」

という噂が、新政府内に流れた。そこで、静岡藩の人材に目をつけて、これを登用しようという人間が次々と出てきた。


栄一に目をつけたのが、大蔵卿《おおくらきよう》（大蔵大臣）の伊達宗城である。旧伊予宇和島の藩

主だ。

宗城は幕末、日本に早く共和制をつくろうとした、いわゆる〝公武合体〟の先鋒《せんぽう》だった。その姿勢が評価されて、新政府では大蔵卿の要職についていた。部下に大輔《たいふ》として大隈重信《おおくましげのぶ》（佐賀出身）、少輔《しょうふ》として伊藤博文《いとうひろぶみ》（長州出身）がいた。

大臣からの命令を受けて、大隈と伊藤は連署し、すぐに静岡の栄一を呼び出しにかかった。大隈も伊藤も、いまの仕事に音《ね》を上げていた。それは、せっかく大蔵省という国家財政を扱う役所が設けられながらも、他の役所が大蔵省のいうことを聞かなかったからだ。大蔵省は、予算を立て、その執行を見守る役割を負っている。

ところが、他の省の高官たちは、依然として、

「武士は食わねど高楊枝」

の姿勢を貫いている。だから、金を馬鹿にする。そして、

「銭のことばかりいっている大蔵省は、商人と同じだ」

と軽蔑していた。依然として士農工商の考えが貫かれていた。官尊民卑という、役人が威張り散らし、民衆を馬鹿にする風潮が育つ中で、役所内部では相変わらず「士農工商」の考えが幅をきかせていたのだ。

「これを何とかしなければならない」

それが大隈と伊藤の考えだった。かれらは、

「国家財政というのは、入るをはかって出《い》ずるを制するという原則を守らなければ駄目だ」

と思っていた。しかし、実行するのは容易なことではない。誰か、荒療治をしてくれる人間がいないか、と物色中だったのだ。

それが、たまたま大臣の伊達宗城からそういう命令を受けて、二人は喜んだ。渋沢栄一のことはかねてから聞いている。最後の将軍徳川慶喜がまだ一橋家にいた頃、一橋家の財政を見事に立て直したということで評判だった。しかも、パリに行っていろいろと外国の財政制度の知識を持ち帰っている。

「かれなら適任だ。単に大蔵省の仕事をしてもらうだけでなく、政府全体の財政制度を確立してもらおう」

大隈と伊藤はそう意見を一致させた。

渋沢呼び出しの指示を受けたのが、静岡藩中老の大久保一翁である。

大久保一翁は、幕末から「日本共和制」の主張者だった。勝海舟や、坂本龍馬などと意見が一致していた。徳川慶喜の大政奉還の要請文の草案を書いたのは、大久保だといわれる。したがって、栄一とは気があった。大久保も栄一を評価していた。大久保はのちに、東京の初代府知事になる。

政府からの文書に接すると、大久保は栄一を呼び出した。そして、

「東京へ行きなさい」

といった。栄一は目をむいた。そして大久保を睨みつけた。

「冗談ではありません。私は徳川家の家臣であります。また、せっかくつくった静岡商法会所が、これから軌道に乗るというところであります。絶対に東京へは参りません。新政府には仕えません」

しかし、大久保はこういった。

「君の気持ちはよくわかる。しかし、あまり突っ張って東京に行かないと、静岡藩は、抱えた人材を独占して、政府には仕えさせない、再び徳川家の世を望むような企てがあるのではないか、と疑われる。そんなことは馬鹿馬鹿しい。それよりも、東京に行きなさい。君の才能を、この静岡に埋もれさせるのは惜しい」

が、栄一はこの説得にも首を縦に振らない。そこで大久保は、わざと厳しい顔をしてこういった。

「君に東京へ出ろというのは、天皇の命令だぞ。君は天皇の命にも反くのか？」

こういう伝家の宝刀を抜かれると、栄一にはいい返す言葉がなかった。それに、大久保の気持ちもよくわかる。パリでたくさん仕入れてきた財政の知識や技術を、日本新国家で生かすことも、やはり意味のある生き方ではないのかと、目が語っている。

栄一はやむを得ず、

「それでは一応東京へ出て参ります。しかし、新政府に仕えるかどうかは、その時の判断にさせていただきます」

「相変わらず強情だな」

大久保は笑った。栄一も笑った。

こうして、明治二年（一八六九）の暮れに、栄一は再び東京に出た。そしてすぐ、大隈重信のところに行った。大隈は、待ちかねたように喜んで栄一を迎えた。栄一は大隈に、自分の来歴や思想の経過や、現在の静岡での役割などを詳しく語った。そして最後に、

「そういう次第でありますから、せっかくのお召しに応ずるわけには参りません。どうか、このまま静岡にお戻しを願います」

といった。大隈は、笑い出した。そしてこんなことをいい出した。

「君は、八百万《やおよろず》の神々の話を知っているかね？」

「は？」

いきなり唐突なことをいい出した大隈に、目を見張りながら栄一は聞き返した。

「八百万の神というのは、日本の古代の神々のことですか？」

「そうだ。いまの明治新政府に集まっている俺たちは、いってみれば八百万の神々だ。その神々が相談して、君にぜひ新政府に出てほしいと決めたのだから、これは神々の意

思だ。あだやおろそかに考えられては困る。君も、その神の一人になるのだ。君がつくった静岡県の商法会所のことは聞いている。しかし、それを静岡だけでなく、日本全体に及ぼすようなことを政府で実行したらどうだね？　いまの政府は、出身など別に問題にしない。旧幕府や将軍に対しての思いはあろうとは思うが、その考えをもう一度改めて日本国家と日本国民のために活用してはもらえまいか」

栄一は、前々から大隈が大変に演説がうまく、聞く者を巻き込んでしまうという噂は聞いていた。しかし、自分まで巻き込まれるとは思わなかった。栄一は次第に、絶対に新政府には仕えないという気持ちが、揺らぎはじめているのに気づいた。

この大隈重信との出会いは、栄一にとって第二の岐路に、明確な光を与えたといっていい。平岡円四郎との遭遇が、第一の出会いなら、大隈重信との会見は、第二の出会いであった。この第二の出会いによって、日本最大の財界人渋沢栄一が生まれる。

大蔵省で大改革を敢行

結局、栄一は承知した。大蔵省に出ることになった。が、一度大蔵省の役所に入ると、かれはあきれ返った。かつての攘夷派の志士たちは、よく、

「天下万民のため」

を口にした。しかし、現在その天下万民のために活躍すべき政府職員は、いたずらに一日一日を忙務に追いまくられて、ただうろうろしているだけだ。これは、上から下まで同じだった。

「政府とは、日常の雑務に追われる職場なのか」

栄一はそう感じた。そこで、大隈のところに行ってこういった。

「大蔵省を政府の根幹にしなければなりません。仕事はすべて予算によって行なわれるように仕向けるべきであります。そのためには、まず計画が必要です。しかし、その計画を立てるのも、予算をつくるのも、現在のような状態ではどうにもなりません。思い切った、政府全般にわたる改革が必要です」

大隈はうなずいた。

「少輔の伊藤君とも話しあっていたのだが、実をいえば、君にその改革を期待しているのだ。思い切ってやりたまえ。蛮勇を奮って、政府を大改革してほしい」

しかし、大隈の大言壮語は言葉だけではなかった。かれは実際に大蔵省に改正局という組織を設けた。そして、改正局長に栄一を任命した。

「この大事業をなし遂げるのには、やはり人材が必要だ。人材を集めねば」

そう考えた栄一は、政府部内を見わたして、これは使えると思う者をまず抜擢した。

同時に、静岡藩に頼んで、前島密《まえじまひそか》、赤松則良《あかまつのりよし》、杉浦愛蔵、塩田三郎などの人材を呼び寄せた。大久保一翁も喜んだ。

「ミイラ取りがミイラになったな?」

と笑ったが、

「しかし、いいことだ。君は、新しい国家に必ず役立つ。人材も惜しみなく提供しよう」

と、心の広い大久保は前島たちを気持ちよく出してくれた。

栄一が先頭に立つ改正局は、次々に改正案を出した。

一、日本の実態を知らなければいけないということで、全国測量を実施するという案。
一、量目がいいかげんで、また日本国内ばらばらになっている。これを統一するための、度量衡の改正案。
一、租税制度が、全体に物納になっている。これを金納にかえる改正案。
一、情報や意思の伝達が、依然として飛脚によっている。これを統一して、全国的な駅伝制に変える。これが、やがては郵便法に変わる。
一、貨幣制度も大幅な改善をしなければならない。この改正案。
一、依然として支給されている大名や武士への禄制の改革。
一、鉄道の敷設案。
一、政府諸官庁の職務分掌の明確化。

一、好き勝手につくられている政府各省の庁舎建築についての基準の設定と、その管理。

などである。

栄一が立てる改正案は、パリで仕込んだ財政制度の知識を基礎にしており、すべて大蔵省上層部の受け入れるところとなった。そのため、大蔵省の権限はたちまちふくれ上がり、各省から総反発を食った。とくに、大隈がその矢面に立った。しかし大隈は、

「これは、渋沢が考えていることで、俺は知らない」

などとは決していわなかった。かれは逆に栄一を励ました。

「もっと思い切ってやれ。責任は全部俺が持つ。泥もかぶる」

言葉どおり大隈は実行した。これが祟《たた》ったのかどうかわからないが、明治四年（一八七二）になって大蔵卿の伊達宗城は辞任した。そして、大隈重信は「参議《さんぎ》」になった。代わって大蔵卿になったのは、大久保利通である。伊達宗城は前大名だったが、大久保は薩摩藩の下級武士だ。下級武士が大臣になるという一種の下剋上が、次々と実現されていた。それほど新政府は活気づいていた。

大久保が大蔵省の幹部たちに指示したのは、「貨幣制度の改正」と「公債証書の発行」の二点だった。これには、外国調査のために伊藤がアメリカに行っていたが、かれは調

査終了後、すぐ帰国し、

「大久保卿のおっしゃるとおり、この二点を急ぐべきです」

と意見具申した。

そういう状況の中で、頭をもたげてきたのが「廃藩置県」である。廃藩置県については、栄一はずっと前から予測していた。それは、

「新しい政府が、中央に権限を集めようと思えば、当然郡県制度をとらなければならない」

と思っていたからだ。フランスはじめヨーロッパには郡県制度の先例があった。かつて、幕府の勘定奉行だった小栗上野介も、フランスと接近して、その助力を仰いでいる過程でしばしば、

「日本も早く、郡県制度を導入すべきだ」

と主張していた。小栗の考えは、こうだった。徳川幕府の傘の下にあるとはいっても、行政権と財政権は全部大名の手元に握られている。いってみれば、大名は「地方自治」の実行者なのだ。だから、薩摩藩や長州藩のように、幕府のいうことを聞かないところが出てくる。これをたたきつぶし、幕府の命令に従わせるためには、日本全体を郡県制度にしなければ駄目だというものである。

小栗上野介の主張は、あくまでも「武士政府」にこだわっている。それも徳川幕府に

こだわっていた。小栗は、徳川幕府の力をもう一度強めるために、郡県制度を導入しようとしたのだ。

しかし、栄一は違った。

「民衆のための政府をつくるために、中央集権や郡県制度も必要だ」

と考えていた。したがって栄一は、「廃藩置県」案が首をもたげてきたことに心から賛成した。

「徳川幕府はすでに崩壊した。廃藩置県によって、こんどは大名がなくなる。そうなれば、やがては武士もいなくなってしまう。望むべき世の中だ」

と考えていた。

この廃藩置県を論議する会議には、栄一も資格を得て、出席できるようになった。かれの印象によれば、議論は論客が多くてなかなか決まらなかった。

その中で、じっと黙っているのが西郷隆盛だった。議論が紛糾して、どう収拾もつかなくなった時に、西郷は一言、もう一度戦争をすれば片がつく、といった。みんなビックリして黙ってしまった。しかし、この一言が廃藩置県を実行しようという決意を固めさせた。西郷は、何も自分では意見をいわなかったが、心の中では廃藩置県を支持し、実行しなければ駄目だと思っていたのだ。そして、その実行には命がけだという姿勢を示したのである。

「さすが西郷さんだ……」

と感想を栄一は漏らしている。

しかし、大名家を廃し、郡県制の県を置くということになれば、いままで大名家が発行した藩札や、借金をどうするかという問題が起こってくる。

「当然、これは政府が引き継ぐべきです」

栄一はそういった。官僚たちは聞いた。

「しかし、政府にそんな財源があるのか？」

「だからこそ、公債証書を発行するのです。現金で返す必要はありません」

みんなは顔を見あわせたが、しかしうなずいた。その通りだったからである。そして栄一はこうつけ加えた。

「政府が藩札を発行するのです。大名家の藩札を返すために、政府の発行する藩札が肩代わりをするということです」

これにはみんなが笑った。政府が藩札を発行するのだといういい方がおかしかったからである。しかし、考えてみれば、政府発行の公債証書は、大名が発行してきた藩札とちっとも変わらなかった。それに、栄一がかつて一橋家の藩札を発行して、借金をきれいに返し、財政を再建したという実績を知っているので、みんなも納得したのである。

こうして、政府全般の改革事業に携わりながら、大蔵省内部についても栄一は、次々と改革の手を加えていった。たとえば「簿記法」を定めた。これまで、大蔵省の帳簿は全部、江戸時代の商家が使っているような大福帳だった。それを栄一は、パリのフロリヘラルトに教わった外国式の記帳方法に変えさせたのである。すると、関係局長がどなり込んできた。

「渋沢君、君は次々と改革、改革といって、外国から妙な方法ばかり持ち込んでいる。こんどの簿記法というのは一体何だ？　あんなわけのわからないやり方では、かえって帳簿や計算がメチャメチャになってしまう。即刻取り消したまえ！」

と息巻いた。

栄一は承知しなかった。懇々と、情理を尽くして、外国式の簿記のすぐれた点を説明した。が、頭にきている局長は聞かない。いきなり殴りかかってきた。栄一は身構えて、側にあったいすを持って応戦した。

「一体、あなたは何をしようというのだ？　政府の高官たる者が、そのような乱暴な振る舞いをして恥ずかしくないのか？」

と詰問した。局長は、ブルブルと怒りに身を震わせていたが、やがてうなだれた。そして、

「失敬した」

といって出ていった。その後、局長は二度と栄一に簿記をやめろとはいわなかった。

逆に、栄一のことをほめるようになったという。

しかし、この局長の例はめずらしい方だ。大蔵省に限らず政府職員は全体に、栄一に反発心を持った。それは何といっても、かれの出身が徳川家の家臣だったからである。

「旧徳川家の家臣が政府にしゃしゃり出て、いいように掻き回している。奴は、倒幕の恨みをこういう形で返しているのではないか？」

という陰口がしきりに囁かれた。栄一は心が暗くなった。同時に、帰国当時に胸の中に湧き立たせた「実業家」への志が、日を追って強まってくるのを感じた。

かれはこう考えていた。

「新政府には、確かに日本全国から優秀な人材が次々と集められている。それはいい。しかし、そのことが政府職員にエリート意識を生ませ、同時に官尊民卑の気風を育てているのだ。つまり、優秀な人間でなければ役人になれないという観念が根づいてしまう。そうなると、民間にはまったく優秀な人間がいなくなってしまう。それ以外の人間だけで、民間事業に携わればいいという気風が生まれてくる。

これは危険だ。やはり、パリで経験したような、民間企業にこそ、優秀な人物がたくさんいるという風にならなければならない。そうしなければ、また、官尊民卑の気風をつぶすこともできない。民間実業家が高級官僚の尊敬を受けるというような、あのパリの光景は生まれない。俺が先鞭《せんべん》をつけて、政府官僚から尊敬されるような実業家にならなければ駄目だ」

そういう気持ちが次第に強まっていった。

同時にそのことは、当時の日本の商人の水準が必ずしも栄一の望むようなものではなく、かなり低かったからだ。ただいたずらに政府と癒着して、自企業の利益をはかることばかり考える商人が多かった。

「これでは、幕藩体制時代の御用商人と何も変わらない。民衆のことも頭になければ、国家のことも頭にない。ガリガリ亡者ばかりだ。商人全体の水準を底上げしなければ、役人の尊敬も得られない。第一、日本国民が支持しない」

これもまた、栄一の実業界への志をいよいよ募らせるものであった。

大久保利通はすぐれた政治家であり、若い時から薩摩藩の財政にも関与してきた。数字に明るくないとはいえない。が、力関係で当時政府の首領級である各省庁の代表者から、金を要求されると、それを目分量や腹で配分した。栄一は文句をいった。

「そんな財源配分をしていたのでは、国家財政は成り立ちません。あくまでも、入るをはかって出ずるを制するという原則を守るべきです」

「そんなことはわかっている。しかし、物事は理屈どおりにはいかない。また、配分に情が入らなければ、冷たい予算査定になってしまう」

「査定は冷たいものです。あくまでも歳入に見あった歳出を考えるべきです」

「収入を先に設定して、支出をその中にはめるというのは、間違いだ」

「それはその通りです。まず、予算というのは歳出要求が出て、こちらが算定した収入をものさしにして考えるべきです。つまり、支出が先だというお考えには私も賛成です。が、しかしそれを無制限に認めるというのはいけません。やはり、収入の枠に応じて、各事業を考えるべきです。それが、本当の予算論争ではないのですか？」

「君のいっていることは理屈だ。政治というのはそういうわけにはいかない。腹芸も入る。妥協もしなければならない。君の立場では、そういうことがいえるだろうが、俺としては不可能だ」

かねてから、栄一は、大久保利通を「カミソリのような人物」と見てきた。切れ味が鋭く、容赦しなかったからだ。が、身近に接してみると、案外大久保も情に脆《もろ》い人物で、かなり公的な問題にも私の心が入る余地を持った人物だと思えた。が、一般の政治家はそれでよくても、財政官としてはつとまらない。栄一は、少し大久保への見方を変えた。

やがて、政府が急ぐ課題である通貨制度実現のため、栄一は大阪の造幣寮の監督に出向を命ぜられ、大阪に行った。しかし、大阪滞在はわずか一カ月余りで、すぐ東京に戻ってきた。明治四年の十一月十五日のことである。

大阪から戻った日の夜中、郷里から栄一のところに急便が来た。

「父が十三日から、にわかに大病にかかり、現在危篤に陥った」という報である。

栄一はビックリした。すぐ、大阪の造幣寮の監督結果報告書を書き、翌朝未明、大輔の井上馨《いのうえかおる》のところに駆けつけた。復命書を出すと同時に、帰省の許可を得た。すぐに東京を発って、血洗島へ急いだ。当日は、大雨が降っていた。夜の十一時頃、やっと家に辿り着いた。

栄一が戻った時、父は小康を得ていた。栄一が駆けつけたこともよくわかった。目から涙を流して喜んだ。しかし、それもつかの間であった。十一月二十二日、父は死んだ。六十二歳だった。

葬儀一切をすませて、栄一は十二月初旬に東京に戻った。そしてこの頃から、栄一は、

「日本にも国立銀行を創設すべきだ」

としきりに意見具申しはじめた。

が、政府部内は、その頃大揉《おおも》めに揉めていた。

旧徳川幕府が、諸外国と結んだ条約は、日本にとっては甚だ不利なものだった。治外法権の問題や、関税の問題でもすべて外国の思いどおりで、その頃の日本の知識不足をいいことに、何もかも外国側の都合のいいようにつくられていた。

「これは国辱である。近代国家として早く平等条約に切り換えるべきだ」

という論が起こった。そこで、この条約改正を目的にして、大規模な使節団が編成された。岩倉具視《いわくらともみ》を団長に、大久保利通や木戸孝允、そして伊藤博文などを含む百余人の

組織である。しかし、はじめて訪れたアメリカでは、ケンもほろろに扱われた。そのため使節団は、

「当面は、条約改正を諦めよう。その代わり、日本をどう近代化したらいいか、外国に手本を求めよう」

という、いわば見学旅行に目的が切り替えられた。

この使節団は、約二年間、アメリカからヨーロッパをまわる。実をいえばその間に、ほんとうの明治維新らしい仕事が、次々と実行されていた。

その主軸になっていたのが、江藤新平、副島種臣《そえじまたねおみ》などの佐賀藩出身者である。大隈重信も佐賀藩出身だが、かれは大勢を見わたして、つかず離れずの態度をとった。上にどっかりとすわり込んでいたのが、西郷隆盛だ。

西郷は留守政府のトップだった。しかし、出発前の岩倉や大久保から釘《くぎ》を刺されていた。

「留守中は一切新しい仕事はしない。人事異動も行なわない」

という二点である。が、この留守政府は新しいことを行なわないどころではなかった。かれらが行なったのは、新しいことだらけである。しかし、それには金が必要だった。その金の管理をしているのが、大蔵省であり、そのトップは大輔の井上馨だ。そして、栄一は伊藤博文に代わって少輔の地位にあった。つまり次官だ。

誰が見ても、井上以上に、栄一が実権を握っていることは明らかだった。その栄一は、旧幕臣である。しかも、最後の将軍徳川慶喜の側近だったということも知れて、風当りはいよいよ強くなった。しかし、留守政府の財政を預かる栄一としては、そんな風当たりに怯《ひる》むわけにはいかなかった。かれは、

一、政府予算における、「入るをはかって出ずるを制する」という原則の徹底。
一、国立銀行の創設。
一、貨幣制度における兌換《だかん》制度の採用。

の三点を力説しつづけた。

これに対して猛反発をしたのが、江藤新平と副島種臣である。江藤は司法卿だった。副島は外務卿である。参議のうち、三条実美《さんじょうさねとみ》太政大臣はただ人がいいだけで、財政のことは何もわからない。また、参議の西郷と板垣退助《いたがきたいすけ》も武人の出身で、銭勘定には暗い。江藤も同じで、法律には詳しいが、金の話は駄目だ。結局、残る大隈だけが財政通だといえるのだが、大隈は、広い立場から判断するので、必ずしも全面的に栄一の味方だとはいえなかった。

留守政府内で、栄一の立てた「入るをはかって出ずるを制する」という原則に対して、

毎日のように議論が続いた。

そんな時、外務卿の副島が、

「台湾を征討すべきだ」

といい出した。たまたま、台湾に漂着した琉球人を、台湾の現地人が殺したからである。

「琉球人は、日本に帰属している。日本人が殺されたのと同じだ。けしからん台湾の現地人を討つべきだ。それによって日本の国威を上げるべきだ」

というのが副島の意見だった。栄一は反対した。

「いまの日本には、それだけの国力がありません。とくに、財政力がありません」

といった。副島は納得しなかった。

「不足する財源を、日本国内から発見して、収入を増やすのが君の仕事ではないのか？」

と食ってかかった。栄一は答えた。

「幕末から明治にかけての国内戦争で、日本の民力は極端に疲弊しております。現在もっとも必要なのは民力休養です」

しかし、江藤や副島たちは納得しなかった。あくまでも増額を主張するので、ついに大輔の井上馨が匙を投げた。かれは、大蔵省の幹部連を集めると、

「辞任する」

と宣言した。慰留も聞かない。そこで栄一も、井上のところに行って、

「私もお供をします。私自身は、随分前から辞任をお願いしておりましたが、ついにお許しが得られませんでした。閣下が今回辞任なさるのは、私が提案した財政改善の策に原因があります。立案者として、私も便々として政府にとどまることを、いさぎよしと致しません。辞任させていただきます」

井上も承認した。井上なりに判断して、これ以上大蔵省にいても、栄一にとって必ずしもいいことばかりはあるまいと思ったからだ。

こうして、二人は大蔵省を去った。井上にすれば、下野は不本意だったかも知れないが、栄一にすれば、これは鳥が籠から放たれて、まったく自由を得たようなものであった。

イタチの最後っ屁《ぺ》ではないが、栄一はこの時、一通の意見書を公開した。それは単に財政だけではなく、日本の政治、財政、経済全般にわたるものであった。外国の例を引きながら、日本政府における経済がいかにでたらめであり、原則からはずれたものであるかを痛烈に批判した。

この意見書は、何人かの手を経て曙新聞《あけぼのしんぶん》に掲載された。国民の多くの目に触れた。そのため、司法卿江藤新平は怒り狂った。

「この行為は、政府に身を置いた時に、知り得た秘密を漏洩《ろうえい》したのとまったく同じである」

と息巻いた。現在の公務員法に規定されている「秘密漏洩の罪」を、江藤はこの時から主張していた。それだけでなく、江藤は井上大蔵大輔に対して、罰金を科した。そして、

「井上と渋沢は、懲戒免職にすべきである」

と主張した。が、明治六年五月二十三日、二人に与えられた辞令には、

「願いによって、職を免ずる」

と書かれてあった。自分の意思によって、退職したという扱いになったのである。くだらないことだが、懲戒免職になったら、退職金も何も出ない。また、履歴書に汚点がつく。それを、政府部内にも良識派がいて、二人に対しては、あくまでも自分の願い出によって退職した、という穏やかな扱いにしたのである。

思えば、明治二年の暮れから無理に大蔵省に呼び出されて以来、約三年半の官僚生活であった。この生活を最後に、栄一は二度と官途にはつかない。まっしぐらに、日本実業界の振興に向かって突き進んでいく。いってみれば、渋沢栄一の前史は、こうして終わりを告げたのである。しかしこの時の栄一は、まだ三十三歳であった。

実業家の資質とはなにか

栄一が関与した会社の数は、約五百余りだという。そしてその範囲も、銀行、鉄道、海運、紡績、保険、鉱山、織物、製鋼、陶器、造船、ガス、電気、製糸、印刷、製油、築港、開墾、植林、牧畜、石油、セメント、ビール醸造、帽子の製造、製麻、製藍、水産、煉瓦《れんが》の製造、人造肥料、ガラス製造、汽車の製造、ホテル、貿易、倉庫、取引所などだ。経済のあらゆる面にかかわっている。栄一は、これを称して、

「万屋《よろずや》主義」

といった。

では、なぜかれが万屋主義と自嘲してまで、いろいろなことに手を出したか。

政府から身を引いて、実業界に打って出た時の日本の状況について、栄一はこういういい方をしている。

「たとえば、日本の農工商の実態についていえば、商はわずかに味噌《みそ》の小売に従い、農といえば大根をつくって沢庵《たくあん》漬けの材料を供しているだけだ。また、工といったところで、老いた女性が糸車を使って、機織りをしているにすぎない。また、商店といっても、日本の住民自体の購買力が低下してしまっているから、一製品の販売で、身を立てるこ

とはできない。だから、呉服屋が荒物商を兼ねている。酒屋が飲食店を兼ねている。これは、店を維持していく上で、そうせざるを得ないからだ。

そうなると、やはりわが国の商工界は、まず万屋から出発せざるを得ない。これは、世界的規模についていえば、日本の商工業がとりあえず万屋主義をとらざるを得ないということになる。世の中には、いやそれは間違いで、一人一業主義をとるべきだと頑張る人もいる。確かに、それも理《ことわり》だ。が、こういうことはよほど才幹がなければできない。誰にでもできるということではない。誰にでもできるのは、やはり当面万屋主義をとることである」

しかし、〝万屋主義〟といってみても、栄一の主張したことは、単なる兼業主義をいっているわけではない。かれは生涯を通じて、その主張するところは変わらなかった。すなわち、

一、合本主義
一、組織主義
一、商法会所主義

などである。これに対して、

「いや、事業はそんなに商工業者が群をなして行なうものではない。一人ひとりの努力にものをいわせるべきだ」

といって「一人一業主義」を唱え、さらに一匹狼的事業家をもって任じたのが、三菱の岩崎弥太郎である。その意味では、生涯を通じて渋沢栄一と岩崎弥太郎とはあわなかった。

ただ、一度だけ二人がある料亭で顔を合わせたことがある。この時の会見も物別れに終わったが、世間では、これを、

「三国志の曹操《そうそう》と劉備《りゅうび》玄徳《げんとく》が会ったようなものだ」

といった。

そういう見方ができるかも知れないが、しかしこの会見は曹操と劉備玄徳の会見というよりも、むしろ項羽《こうう》と劉邦《りゅうほう》の会見だといった方がいいだろう。

項羽というのは、いまの経営者でいえば、絶対に人事と財政を部下に委《ゆだ》ねなかった。ワンマン体制をとった。こういう人は現在でもいる。つまり、

「人事権と財政権は、トップ固有の権限なので、部下に委ねるべきではない。その代わり、人事についても、トップは、幹部はもちろん、現場の従業員一人ひとりについて、細かい考課表をマイクロフィルムにして、頭の中に置いておくべきだ。人事権と財政権は、いわばトップの決定権ともいえるもので、これは下に委ねることができないし、委

ねるべきではない」

という考えをとる。これが項羽だったといわれる。その代わり、項羽は部下将兵の一人ひとりについて、細かいことも全部知っていた。

たとえば、毎日部下の誰かが誕生日に当たる。項羽は、この部下を呼び出して、何か祝いの品物を与えたりする。これが評判になって、

「項羽様のためなら、命をかけて戦場で働く」

という部下が増えた。

劉邦は反対だった。かれは項羽のことを嘲笑《あざわら》った。

「あいつは馬鹿だ。組織というのは重箱のようなものだ。トップは重箱の蓋をする時は、まるい蓋をする。また、掻きまわす時は、すりこぎを使う。項羽の奴は、楊枝を使って重箱の隅をあれこれと突ついている。現場の従業員の誕生日を覚えていて、何が偉いのだ？　そんなくだらないことに神経を使うのなら、まず幹部を掌握すべきだ。そして、幹部が使っている現場の部下などは、幹部に全部人事権や財政権を任せてしまうべきだ。俺が掌握しているのは幹部だけだ。幹部が使っている部下のことなど何も知らない。知る必要もない。だから、俺は現場の従業員の誕生日など知らない」

といい続けた。

歴史の上ではどっちが勝利者になっただろうか。劉邦である。つまり、いまでいうお

まかせ型、分権型が勝ったのだ。項羽は、劉邦に攻められて燃え上がる城の中で自殺してしまった。

しかし、これはどっちがいいとはいえない。つまり、そのトップが置かれている企業環境によるからだ。岩崎弥太郎には岩崎弥太郎なりの危機意識があったのであり、また渋沢栄一には渋沢栄一なりの危機意識があったのだ。その危機から脱出し、将来生き残っていくためには、どういう方法をとればいいかということを、二人は二人ながらに考えたのである。

栄一が、実業家になってまず整備しようとしたのは、日本の「農工商界」の現状の底上げだった。産業を振興することが、すなわち日本を富ませることだと思った。そしてそのことが取りも直さず、日本国民の生活を豊かにすることだと信じた。

同時に、金融面についていえば、それまでの金融界は、両替商、蔵元、掛け屋、札差《ふださし》などが支配していた。これを、もっと近代的なものに改めなければならないと考えた栄一が、何よりも創立を急いだのが銀行である。

そして、この産業振興と金融機関の整備の底流にある理念が、栄一の言葉を借りれば、

「論語とソロバンの一致」

であった。

論語というのは孔子の言葉を、弟子たちが綴ったものだ。日本でもよく読まれていた。

しかし、前に書いたように、中国から伝わった儒学を、常に肌身離さず学習し抜いたのは、やはり武士である。そのため、この儒学に依拠して、自分の身を慎む姿勢を、「儒教の精神」あるいは「孔子の精神」といった。論語とソロバンを一致させるということは、

「孔子の精神で、商業を営め」

ということだ。ということは、

「多くの人々の利益を志す商売を行なわなければならない。自分だけ勝手に、ガリガリ亡者の儲け主義になってはならない」

ということだ。これは、もっと広げて考えれば、

「したがって、商業も多くの人たちと手を取りあって、公益のために努力しなければならない」

ということになる。それが、岩崎弥太郎の〝一人一業主義〟とは距離をおく結果になったのだ。

が、事業者によっては、

「みんなで手を取りあって、メダカのように群れていても、企業の面白味はない。やはり、一人ひとりが、自分の才能を発揮して、厳しい戦国状況を生き抜いていくのが、商売の面白味だ」

という人もいるだろう。そういう人たちは、おそらく栄一のような方針には、抵抗をおぼえたはずだ。あるいはもっと根本的に、

「論語とソロバンの一致などというのは、純粋な青年の理想だ」

と嘲笑する者もいたはずだ。しかし、栄一は自分の信念を貫いた。

渋沢栄一、その精神の原点

さて、多くの渋沢栄一伝は、「かれの前半生で終わっているものが多い」といわれる。後半の実業家になってからのかれの活動について、克明に記したものが少ないというのだ。

そういう中で、土屋《つちや》喬雄《たかお》博士の書いた『渋沢栄一伝』(改造社)や『父渋沢栄一』(渋沢秀雄氏著、実業之日本社)、そして、木村昌人《きむらまさと》氏の中公新書『渋沢栄一』などは、かなり詳しく後半生についても触れている。古くは、幸田露伴《こうだろはん》の『渋沢栄一伝』(岩波書店)があった。本書も、これらの本に著しく指導を得た。


しかし、この本では、実業界に進出してからの渋沢栄一について、あまり詳しく書いてはいない。書き手としては、

「なぜ、渋沢栄一が日本実業界を志したのか」

ということと、

「実業人としての渋沢栄一のポリシーは何だったのか」

という二点に、大きな関心を持ってきた。そしてこの二点が解明されれば、後の怒濤《どとう》のようなかれの実業活動を理解する鍵が得られる、と考えた。

というのは、渋沢栄一の持ったポリシーと、道程《みちのり》こそが、現在の日本経済界にとって、最も必要なものだと思われるからである。

これは、かつて横井小楠がいった、

「世界は、いま有道の国と無道の国にわかれているが、無道の国が多い。日本こそが、唯一の有道の国足り得る。そして、日本が有道の国になることこそが、世界平和のために役立ち、同時に経済を通じて、平和な国際交流が可能になるからだ」

という説が、最も必要な時代だと思われるからである。

そういう意味で、五百数社の設立に関与し、同時に商法会所を通じて世界的に市民経済交流を目指した栄一の、いくつかの事業と、それにまつわるかれの考え方を整理しておきたい。

金融制度の確立については、いうまでもなく日本最初の銀行「第一国立銀行」の創立がある。「銀行」という言葉を考案したのは、栄一である。かれはこの金融機関の名を、最初は「金行」あるいは「銀舗」などという候補名を考えた。しかし、どれをとってもすわりがよくない。結局、「銀行」が一番適切にこの金融機関の名を示していると判断した。そこで、「銀行」と命名した。

この銀行の役割について、かれはこういうようないい方をしている。

「たとえてみれば、銀行は川のようなものだ。水を集めて海に流れ込む。しかし、その水はいろいろなところに溜《たま》っていて、必ずしもまだ川に流れ込んでいないものもある。あちこちの地域にある水溜りや、あるいは個人の家に溜っている。すなわち、水というのは金のことだ。流れを妨げるいろいろな障害もある。この障害を取り去って、一本の川の中に導入し、流れの流域でそれを必要とする人にわかち与え、やがてこれを返してもらって、その基金をいよいよふやし、公益のために尽くすのが銀行だ。そういう目的がなければ、銀行の存立意義はない」

といっている。表現については、いつもやさしい言葉で、民衆が受け入れやすい平明さを重んじたかれは、実にうまいたとえ話をした。

「難しいことを、やさしく伝えよう」

といったのは福沢諭吉も同じだ。福沢は、

「表現は、昨日地方から東京に出てきたお手伝いさんにもわかるような言葉を使わなければ駄目だ」

といっていた。

「近頃のインテリは、やさしいことをわざわざ難しくいっている。そんな奴は、本当は馬鹿なのに、これを世間では利口者だといっている。ほんとうの利口者は、難しいことをやさしく表現する人間のことだ」

福沢は、おそらく、

「俺がそのいい見本だ」

といいたかったのに違いない。

西郷隆盛が起こした西南戦争の時に、海運のことが問題になった。たくさんの兵員や物資を輸送するのには、何といっても船が必要だ。この時活躍したのが、三菱の岩崎弥太郎である。

しかし、岩崎は前にも書いたように〝一人一業主義〟をとっていた。そして、政府の依頼を、自己企業で独占しようとした。その海運事業に対する姿勢が、西南戦争が終わった後も続くと、栄一はこれに異議を唱えた。

「海運のような国家的規模で行なわれる事業は、やはり多くの同業者が集まって行なうべきだ」

この結果、創立されたのが日本郵船である。

紡績事業の振興については、栄一自身が、武蔵国の藍生産も行なうような家に生まれたから、とくに関心を持っていた。しかし、この関心の持ち方もかれらしい。

「まず、国営の製糸工場をつくって、ここで多くの技術者を養成すべきだ。それも事柄の性格から、女性が適任である。しかし、この製糸工場で育てるのは、単なる工女ではない。各地域に散って、精神的な指導もできる優秀な人材を育てるべきだ。単なる、糸繰り女を育てるだけでは意味がない」

といった。

この発想によってつくられたのが、富岡（群馬県）の製糸工場だ。初代の工場長に任命されたのが、尾高惇忠だ。すなわち、子供の頃から栄一を教育した血洗島の学者である。

尾高惇忠は、維新前は熱烈な尊王攘夷論者だった。また、近隣の子弟に学問を教える力を持つ学者だ。これが赴任した。したがって、尾高は単なる工場長ではない。栄一のいう、

「精神的指導もできる技術者の養成」

に力を尽くした。

工場内の寄宿舎の規律は厳しく、また、当初採用したのは全部武士の娘だった。そのため随分揉めた。

「かりそめにも、武士の娘が、糸繰り女などになるのは家の恥だ」

などと息巻く旧武士もたくさんいた。しかし、尾高は自分の娘を率先してこの工場に

入れた。また、熱心にあちこちの養蚕地帯を説いてまわった。

「いま、単に生糸づくりにいそしんでいるこの地域が、もっと精神的にも高まって、質のいい製品をつくりながら、同時にそれが地域の文化にもつながっていくのだ。そのリーダーになるのが、あなたの娘だ」

と、旧武士の間を説いてまわった。知る人ぞ知るといわれた尾高の説得だ。かなりの武士が屈伏した。そして娘を送り込んできた。ふくれ上がった富岡製糸工場では、こういう〝誇り高い工女〟が次々と養成されていった。ここを出た工女たちは、地域に行っても決して自分たちが単なる糸繰り女だとは思わなかった。

「地域の水準を引き上げるのだ」

という意欲に燃えていた。その情熱的な活動は、現在も伝説として残っている。

栄一は、紡績事業の振興の基幹になる工女の養成についても、

「論語とソロバンの一致」

の理念を忘れなかったのである。しかし、こういう方面にまで自分が専念することはできなかった。もっとやりたいこともあった。そのため、旧師の尾高惇忠に登場願ったのである。

尾高も快く受けた。武士気質の抜けない尾高のことだから、さぞかしビシビシと娘たちを教育したことだろう。ところが、娘たちも尾高の指導を喜んだ。だからこそ、この

製糸工場を卒業後、各地域で日本紡績界の優秀な指導者になったのである。そして、その指導は決して技術だけを教えたのではなく、精神の向上もはかった。いってみれば、富岡製糸工場を出た工女たちは、日本各地域の生糸技術の指導に当たると共に、その地域の精神的向上にも大きく貢献したのであった。

尾高惇忠に関して、栄一と深くかかわりのあることがある。それは、栄一は十八歳の時、安政五年（一八五八）十二月に、尾高惇忠の妹千代と結婚したことだ。この時、千代は十七歳だった。しかし、明治十五年、栄一が四十二歳の時に、千代は死んだ。栄一はそれから三年後の明治十六年四十三歳になった時に、伊藤兼子と再婚している。

今よみがえる渋沢の心

さて、渋沢栄一の今日的な意義を考える意味で、最後にちょっと観点の違ったことを書いておきたい。

前にあげた木村昌人氏の『渋沢栄一』によれば、前にも日本とアメリカの間には経済摩擦があった。日露戦争後のことだという。アメリカの主張は、

「アメリカは、日本から随分品物を買っている。輸入超過だ。こんなに買っているにもかかわらず、日本はアメリカの物をあまり買わない。買うのは、イギリスやドイツなど

ヨーロッパの製品だ。これは、国際取引き上不公正だ。もっと公正になれ」

ということだった。

渋沢栄一が、アメリカが誤解していると考えたのは、次のような理由によるからだ。

一、何よりも、お互いがお互いのことをまったく知らない。

一、日本の軍事大国化に、アメリカは警戒の念を持っている。それは、具体的には日本の国家財政の軍事費と経済のアンバランスだ。

一、日本商人のモラルの欠如がこれを促進している。

一、アメリカ各地の移民排日運動もこれに拍車をかけている。

のちに、そうはいっても、アメリカも地域によっては、日本に対する見方が違うのだということを、栄一は知る。いってみれば「地方自治と中央政治」のかかわりが土台にあることを知る。

栄一は、こういうアメリカの誤解を解くためには、次のような方法をとらなければ駄目だと考えた。何よりも「日米交流を盛んにすること」が大事だが、

一、見学の対象を、単に経済施設だけでなく、教会、学校、福祉施設などにも広げる

べきだ。アメリカの地域社会は、こういう施設によって成立している。
一、招待する時は、必ずマスコミジャーナリストを入れること。
一、商人個人で動かず、必ず組織、それも商工会議所単位で行動すること。
一、その時、日本側の商工業者は、日本の商工業には必ず「道」があることを示す。道というのは孔子の論語のことだ。言葉を換えれば、それは「公益をめざす私利」によって、経営が行なわれているということを示すことだ。

このことは、取りも直さず、横井小楠の「有道の国・無道の国」の説を思い出す。小楠は、

「本来、道の国というのは中国だった。しかし、その中国が道を失ったために、イギリスをはじめ列強にメチャメチャに国土を荒らされている。人民は、外国人の奴隷になり果てている。こういう状況の中では、中国にはすでに道をもって世界をリードする力はない。その力をいま地球の上で持っているのは日本だけだ。日本は、武力なき国だ。その武力なき日本が、国際社会で高い評価を得るのには、やはり有道の国になることだ。道のある経営を行なうことである」

といった。この説に対して、栄一も別に異論はない。栄一が、横井小楠と違ったのは、栄一はあくまでも中国を尊敬していたことである。栄一は、「道を失った中国には、世

界を導く力はない」とは思わなかった。栄一は、「どんなになろうと、中国は孔子を生んだ偉大な国だ。尊敬に値する」と考え続けた。そして、その考えに基づいて、

「中国の排日活動の原因は、日清戦争後の日本人の中国人蔑視にある。まずこれを改めなければならない。同時に、日本の選んだ資本と技術を中国に提供して、中国の近代化に寄与すべきだ」

と唱えた。

栄一から見れば、朝鮮は長く攘夷論にかかわったために開国が遅れた。それは近代化が遅れたということでもある。中国もまた、長年の中華思想によって朝貢貿易に依存してきた。これも近代化が遅れている。

したがって、先進の道を歩きはじめた日本は、欧米列強と共同して、資本や技術を朝鮮や中国に提供すべきだと唱えた。

栄一のこの思想には、異を唱える方も多かろうが、筆者はふっと二宮尊徳《にのみやそんとく》（金次郎）の「報徳」の考えを思い出した。報徳の考えというのは、

一、分度

一、勤労

一、推譲
一、至誠

の四プロセスを辿る人間の営みだ。

分度というのは、分を立て度を守ることだ。勤労というのは、勤労倹約のことである。これは、一所懸命働いて利を得、しかもその利を倹約するということだ。推譲というのは、勤労によって得られた利を、他に差し出すということである。他というのは、自分以外の者、すなわち家族、地域の人々、あるいは日本国民の誰か、さらに発展して世界の国々の人々、ということになる。至誠というのは、推譲に対して、差し出された者が感謝して、受けた徳を返すということだ。この徳を返す時に、返し手が自分なりのお礼を加えれば、推譲の基金がいよいよ増えていくという考えである。したがって、第一次日米貿易摩擦について栄一の考えをいえば、おそらく、

一、日本側に買える余力があれば、どんどん買う。貿易量の総量を増やすことが、お互いの国を富ませることにつながるからだ。
一、朝鮮や中国についていえば、日本が資本や技術を差し出すということは、つまり推譲の行為だ。当然これには報徳という観念が生まれてくる。すなわち「徳には

徳をもって報いる」ということは、もともと孔子の教えは朝鮮や中国の方が本場なのだから、当然そういう考えが湧いてくるはずだ。

一、いま、アメリカ側が誤解しているのは、「軍事力と経済力のアンバランス」だ。これは、あまりにも日本の軍事費の国家予算に占めるシェアが大きいからだ。経済がもっと大きくならなければならない。そのためには、軍備はもっと縮小されなければならない。

こういう考え方もできるのではなかろうか。すなわち、

「経済というのは、経世済民の略である」

という儒学的発想に立てば、この二宮尊徳の報徳の考えも、日本の企業経営に決して役立たないとはいえない。同時にまたこの考えを持つことによって、横井小楠のいう「日本が有道の国になること」が可能になるのであり、日本に対する世界の誤解も解け、不当なバッシングを受けることも少なくなるだろう。

日本はよく蟻にたとえられるが、近頃こんな笑い話を聞いた。

夏の間怠けていたキリギリスが、冬になって食えなくなったので、蟻を訪ねて金を借りようとしました。ところが、蟻は働きすぎたので死んでしまいました。そこで、

キリギリスは蟻の財産を全部引き継いで、生涯働かずに暮らしました。

馬鹿馬鹿しい話だが、何となく真理を含んでいる。日本は蟻になるべきではない。また、諸外国もキリギリスになるべきではなかろう。そこにはやはり一つの「道」が必要だ。その「道」を考える場合、やはり渋沢栄一が唱え続けた「論語とソロバンの一致」の理念は、今日的な意義を持っている。が、それだけでも駄目だ。状況が変わっている。現在の日本の中小の企業はとくに、若い労働力の〝三K〟あるいは〝六K〟に悩まされている。

前述したが、三Kというのは、危険な仕事、汚い仕事、きつい仕事（あるいは苦しい仕事、カッコ悪い仕事）のことである。それが最近はもっと増えた。三Kに加えて、

一、休暇がもっとほしい。

一、一日の勤務時間が長すぎる。もっと減らしてほしい。

一、給与をもっと欲しい。

というものだ。これを締めくくって、

「この六つのKをどうするかは、経営者の問題だ」

ということらしい。この三Kや六Kに対して、真正面から立ち向かうことが正しい。

「そんなことは、若い奴らのわがままであり、贅沢《ぜいたく》だ」

などといっていたら、もうそれだけでその経営者は歴史に逆行する者だといわざるを得ない。まともに立ち向かわなければいけない時期が来ている。それが、歴史の流れである。しかし、

「そんなことをいっても、すぐにはそれはできない。そんなことを認めれば、店はつぶれてしまう」

という主張が多かろう。そこに、栄一の教訓が生きてくる。つまり、「一人一業主義」や「個人の力だけを信じて生き抜く」ということが、果たしていいことなのかどうなのか、また可能なのかどうか、ということになってくる。もう一つは、経営者自身が「人間的なプラスアルファ、すなわち魅力とか器量」を生んで、バイパスからこの問題に解決の道を探すことだ。

日本人には不思議なことに、「この人のためなら」とか、「この店らしい」とかの、〝なら〟や〝らしい〟という一種不条理な気分がパワーを生むことがある。このパワーの活用も大切だ。

それにもう一つ、日本人は常に〝人づくり〟ということに意を用いている。自身も、「生涯学習」と称して、勉学を怠らない。もともと、勤勉な国民である。これを、武器

として活用することも、まだまだ十分考えなければならない。そして、その底に「道」を据えることである。その道とは何か、ということを、渋沢栄一の生涯は、われわれにもたらしてくれるのではなかろうか。同時にまた、全企業者が手を組んで歩む「道」の存在を世界に示すことこそ、いまの日本経済が最も必要とすることなのではなかろうか。

あとがき

すでに、本文の中で、あとがきめいたことを書いてしまったので、改めて必要はないと思うが、もういちど整理しておく。

すなわち、なぜ、いま、渋沢栄一なのか、ということをメモしておきたい。本文の中でも繰り返したように、幕末の思想家横井小楠は、

「いま、世界には無道の国が多い。本来は、有道の国が、ヒューマニズムに基づいて、それぞれの国民の福祉安寧を願いながら、ものを交換するというのがほんとうの交易の目的だろう。ところが、幕末の列強はそうではなく、とくにイギリスに例をみるように、阿片戦争などを起こして、自国の製品を、何が何でもアジアの諸国に売りつけようとする。しかも、そのあげくよその国の領土を侵し、そこの国民を奴隷のように使っている。これが果たして、有道の国といえるのだろうか。

そういう目に遭った清国は、もともと孔子を生んだ有道の国だった。ところがいまになって、外国からそういう目に遭わされるというのは、清国自身が道を失ったからだ。

そこへいくと、日本にはまだまだ道がある。日本は確かに武力においては外国に劣っている。が、この武力なき日本が、世界各国に堂々と伍《ご》して、国際社会に地歩を占めていくためには、日本が保っている道をさらに拡大して、これを世界に示すことだ。すなわち、道のある国際交流を行なうことが、日本にとって最も必要なのだ」

といった。

これに対して、渋沢栄一は、

「孔子の教え、すなわち、論語をソロバン、すなわち経済と一致させるべきだ」

と主張した。孔子の教え、すなわち論語というのは、「人間として歩むべき道」を説いたものだから、その限りにおいては、小楠の教えに一致しているものといえる。しかし、小楠が、

「清国は、すでに道を失っているから、こういう目に遭っているのだ」

と、比較的清国を突き放したのに対し、栄一はそうはいわなかった。

「どんな状態になっていようと、中国は数千年前に孔子という偉大な思想家を生んだ。それだけでも尊敬すべき国である。決してバカにしてはならない」

といいつづけた。だから、日清戦争後に、日本人が奢《おご》りたかぶって中国人をバカにしだしたときも、

「そういうことをしていると、日本人は世界から誤解される」

と警告した。

日本の経済政策に対しては、世界が不安と疑惑と批判の念を持っている。だからしきりにバッシングが行なわれる。中には、いいがかりに似たようなもので、日本側にとっては納得できないものもある。が、その一面、日本側にも反省すべき点がまったくないとはいえない。とくに、小楠や栄一が唱えた、

「道」

の問題を考えるとき、やはり努力不足の面がまったくないとはいえなかろう。

いま、ここで改めて渋沢栄一を書いたのは、そういう「経済界における道の復活」の、小さなきっかけが得られればと思ってのことである。それは何も企業経営家だけが努力すべきことではなく、日本人全体が努力すべきことだ。本文の最後に、二宮金次郎の報徳の考えを、筆者なりにメモしたが、かれの、

「分度・勤労・推譲・至誠」

の考えは、経済界の一つの指針になるだけでなく、それは日本の国そのものの歩み方にも何がしかを示唆してくれる。同時にまた、日本人一人ひとりの生き方の問題にもなってくる。こういう方面にはまったく暗い筆者の、細いローソクに灯《とも》る小さな灯のような願いをこめたものだが、いずれにしても、勉強不足なので、大方の叱正を受けたい。

とくに、栄一と直接接触した方々のお話は、まったくうかがっていない。あくまでも

資料面からのイメージである。

そしてこの本における渋沢栄一は、前半生に主力を注いだ。というのは、本文でも書いたが、少年時代から青年時代、そして壮年時代に得たかれの、いわば「実業家としての心の核」が何であるかを追求することが、明治の大実業家渋沢栄一を理解するなによりの、よすがになると考えたからである。

書くために資料にさせていただいた著書については、すでに本文の中で触れた。これらの先学のご高著と並行して、幕末・維新にかかわりをもつ史書のお世話になった。厚くお礼を申し上げる。

一九九一年十一月

解説

末國善己

二〇一九年四月、二〇二四年を目処に発行される新一万円札に、〝日本の資本主義の父〟と呼ばれる渋沢栄一《しぶさわえいいち》の肖像を使うことが発表された。

最後の将軍・徳川慶喜《とくがわよしのぶ》に仕えた幕臣で、一八六七年のパリ万博に将軍名代として出席した慶喜の異母弟・昭武《あきたけ》の随員としてフランスに渡った栄一は、そこで最先端の産業と経済システムを目の当たりにする。大政奉還により帰国した栄一は、静岡で謹慎している慶喜を支え、フランスで学んだ経済理論を活かして一八六九年一月に日本初の合本（株式）組織「商法会所」を設立した。同年一〇月には、大隈重信《おおくましげのぶ》の説得で大蔵省（現在の財務省と金融庁）に入り、全国測量、度量衡の改正、会計に複式簿記を用いる簿記法の整備、新通貨を円とする貨幣法と江戸時代に各藩が発行していた藩札と円を引き換える藩札引換、国立銀行条例の実施など、生まれたばかりの近代国家・日本の財政制度の構築に尽力している。

しかし予算編成をめぐって大隈、大久保《おおくぼ》利通《としみち》らと対立し、一八七三年に井上馨《いのうえかおる》らと下野。それ以降は、大蔵省時代に設立を主導していた第一国立銀行（現在のみずほ銀行）の頭取に就任、東京瓦斯《ガス》（現在の東京ガス）、東京海上火災保険（現在の東京海上日動火災保険）、王子製紙（現在の王子製紙、日本製紙）、田園都市（現在の東京急行電鉄）、秩父セメント（現在の太平洋セメント）、帝国ホテル、麒麟《きりん》麦酒（現在のキリンホールディングス）、サッポロビール（現在のサッポロホールディングス）、東洋紡績（現在の東洋紡）、大日本製糖など、現在も続く大企業の設立や経営に携わり、その数五〇〇以上とされる。なお国立銀行は、兌換《だかん》銀行券（紙幣）の発行権を持っていたが民間の銀行で（国立は、国法によって設立の意味）、設立順に番号が付けられており、第四銀行、第十六銀行などは現在まで名前を変えず営業している（紙幣の発行権は、一八八四年以降、中央銀行の日本銀行に一本化された）。

明治時代は、少ない国家予算を効率的に使って富国強兵を行うため、エリートである官僚に権力を集中させ、官の指導で近代化を進める官尊民卑の社会だった。そのため栄一と共に下野した井上は、一八七四年に先収会社（現在の三井物産）を設立するなど実業家に身を置くも、伊藤博文《いとうひろぶみ》の説得で官僚に復帰し、外務大臣、内務大臣、大蔵大臣などを歴任している。それなのに、なぜ栄一は誰からも一目置かれる官僚ではなく、実業家の道を歩み民間活力の育成に尽力したのか？

幕末にパリに渡った栄一は、そこで最先端の科学、技術、文化に触れた。同じ経験をした日本人は少ないが、それでも、一八六一年に幕府の留学生として榎本武揚《えのもとたけあき》、内田正雄、澤太郎左衛門《さわたろうざえもん》、赤松則良、西周《にしあまね》らがオランダに行き、一八六三年に長州藩の井上馨、遠藤謹助、山尾庸三、伊藤博文、井上勝がロンドンへ渡り、一八六五年には町田久成、畠山義成、松村淳蔵、鮫島尚信《さめしまなおのぶ》、森有礼《もりありのり》、五代友厚ら一九名が、薩摩藩の留学生としてヨーロッパ各地で学んでいる。それなのに、なぜ栄一だけが、資本主義のシステムを日本に輸入し、根付かせることができたのか？　そして他国を侵略してでも商業圏を広げようとする帝国主義の時代にあって、なぜ栄一は、金を稼ぐためなら手段を選ぶ必要はないという強欲を批判し、商業活動には高い倫理観が必要という思想（いわゆる「論語とソロバン」）を構築することができたのか？

本書『渋沢栄一　人間の礎』は、栄一の前半生に着目することで、この二つの謎を解き明かし、現代人は渋沢から何を学ぶべきなのかを描いている。

まず著者は、栄一が武蔵国血洗島村《むさしのくにちあらいじまむら》（現在の埼玉県深谷市血洗島）の藍玉農家・市郎右衛門美雅の長男だったことに着目する。江戸時代の農民は、武士に搾取されていたとのイメージをもたれがちだが、大消費地の都市近郊の農家、あるいは換金性の高い作物を作っている農家は、普通の武士よりもはるかに財力があった。商品作物の藍玉の製造販売をしていた渋沢家も豪農で、生活に余裕があり教育熱心な美雅は、栄一を従兄弟《いとこ》の尾高惇忠のもとに通わせ漢学を学ばせている。著者は、農家であり商業活動も行っていた渋沢家で生まれ育ち、商人的な合理精神や自分も取引相手も利益を得る商道徳を自然に身に付けたことを栄一の原点とするが、この解釈には説得力がある。

美雅は、渋沢宗助の三男だったが、栄一の母の婿養子になっている。宗助の末裔が、マルキ・ド・サドの翻訳者であり、西欧のエロティシズムや黒魔術などを日本に紹介したフランス文学者であり、幻想文学の名作を残した作家の澁澤龍彦《しぶさわたつひこ》である。

惇忠は、勤王の志士たちが愛読した頼山陽《らいさんよう》『日本外史』を副読本に使うほどの勤皇派で、惇忠に影響を受けた栄一も過激な尊王攘夷《じょうい》派になっていく。惇忠は、戊辰《ぼしん》戦争が始まると従兄弟の渋沢成一郎《せいいちろう》らと振武隊《しんぶたい》を結成し、箱館まで転戦した。明治維新後は、栄一が大蔵官僚になった縁で、二〇一四年に世界遺産になった富岡製糸場の初代場長となり、娘の勇《ゆう》は志願して初の女工になっている。

ところが栄一は師の惇忠とは反対の道を進み、徳川慶喜に仕える平岡円四郎《ひらおかえんしろう》の推挙で、尊王攘夷派にとって不倶戴天《ふぐたいてん》の敵の幕臣になる。ただ著者は、これは〝変節〟ではないとする。商業的な農家に生まれ、豊かな教養と知性を育てて武士になった栄一は、尊王攘夷論と佐幕開国論がせめぎ合っていた幕末にあって、社会の底流に、これからは有能であれば農民や商人でも政治に参加できる世になる、弱肉強食の国際社会に乗り出さなければならないが日本人のよさは保ち続けなければならない（これは道義立国論に近い）という「地下水脈」が流れていることを看破したというのだ。

著者は、社会の表に流れている「潮流」や「世論」ではなく、その底にある「地下水脈」に気付く「先見力」を持っているか否かが、偉人とそうでない人の違いとするが、これは現代のビジネスパーソンにも参考になるのではないだろうか。

栄一の主君となった慶喜は、大政奉還後に幕臣の一部が新政府軍に叛旗《はんき》を翻すも、恭順の姿勢を崩さなかったことで内戦の拡大を防ぎ、欧米列強の植民地にならず日本を近代国家にする道筋を作った名君とされている。その一方で、大政奉還後に有力大名が合議で国を動かす連合を作り徳川家がまとめ役になる構想を持っていたが実現できず、鳥羽伏見《とばふしみ》の戦いでは新政府軍を上回る兵力を持ちながら敵前逃亡した暗君との評価もある。著者は、慶喜が優柔不断で不可解な行動を取った理由を、平岡円四郎、黒川嘉兵衛《くろかわかへえ》、原市之進《はらいちのしん》という優れたブレーンがいた頃は政治を主導できたが、三人が相次いで亡くなり、自分で考えるようになると生彩を失ったから、としているのが興味深い。

また著者は、勝海舟《かつかいしゅう》が作った幕府の海軍操練所、長州藩士の高杉晋作《たかすぎしんさく》が組織した奇兵隊、近藤勇《こんどういさみ》、土方歳三《ひじかたとしぞう》らが結成した新撰組なども、栄一が予見した「農民や商人でも政治に参加できる世」という「地下水脈」から生まれたとしている。しかし新撰組は、入隊した者はどんな身分であっても武士として扱うが、その代わりに武士らしくない振る舞いをしたら切腹という厳しいルールを作り、個人を圧殺していった。これに対し、実家が豪農で尊王攘夷の潤沢な活動資金を持っていた栄一は、大藩から資金援助を受けているのでスポンサーの意向を無視できない同志とは異なり、自由に活動でき、それが幕臣への転身にも繋《つな》がった。この対比は、組織と個人はどのような関係にあるべきかの問い掛けになっており、考えさせられる。

　栄一を軸にしながらも、幕末を独自の解釈で切り取っているところも本書の魅力になっている。特に幕末史が好きな読者は、新たな発見も多いはずだ。

　慶喜に仕えた栄一は、ここでも実家での経験を活かし、慶喜が養子になっていた一橋徳川家の財政再建、殖産興業を軌道に乗せる理財家として頭角を現す。慶喜が指揮する親兵の募集を命じられた栄一は、備中で募集をかける。この時、栄一は、妨害する庄屋を黙らせるために、学問の先生と問答し、剣術の先生と試合をして、自分の実力を示す。栄一は、川越藩剣術指南役の神道無念流・大川平兵衛《おおかわへいべえ》に剣を学び、江戸に遊学した時は北辰一刀流千葉道場で、北辰一刀流の創始者・千葉周作《ちばしゆうさく》の息子の栄次郎《えいじろう》に師事しており、小さな村の剣術の先生を倒す腕は十分に持っていたと思われる。

　こうした業績が認められ、栄一は、徳川昭武の随員としてパリ万博へ行くことになる。栄一は、フランス政府が付けてくれた銀行家のフロリヘラルト（『航西日記』などに記述があるフロリヘラルトは、栄一が学んだオランダ語風の表記で、フランス語ではフリユリ＝エラール）から、銀行、株式、有価証券、株式取引所などを積極的に学び、これと今までの経済活動が結び付いて〝日本の資本主義の父〟が誕生するのだが、栄一が衝撃を受けたのはヨーロッパの先端技術だけではなかった。

栄一は、武士にあたる軍人のビレット（この表記はフランス語と同じ）と、商人のフロリヘラルトが対等に話し、互いを尊敬しているという身分制度が厳格な江戸ではあり得ない状況に驚くのだ。武士をしのぐ財力を持ちながら、商人という理由だけで武士に頭を下げなければならない理不尽に耐えてきた栄一にとって、ビレットとフロリヘラルトの関係は理想だった。栄一が未練なく官僚を辞め、民間企業の育成に全力で望めたのは、こうした経験が背景にあったからなのである。

明治に入り、日本の実業界のトップになった栄一が目指したのが、商道徳をベースにして顧客と取引先を満足させ、その利益で国を豊かにする「論語とソロバン」の普及である。そのため栄一は、一つの企業がなりふり構わず利益を追求すると、ほかの企業の活動を圧迫する危険があるので、企業が共同体を作り、互いに手を取り合って発展させようとする。「論語とソロバン」の理想を掲げる栄一の前に立ちふさがるのが、岩崎弥太郎である。下級武士から一代で三菱財閥の基礎を築いた弥太郎は、商売敵を潰すためにダンピング合戦を始めたり、従業員を酷使したりするなど、金を稼ぐためなら手段を選ばない強引かつワンマンな経営で有名だった。明治の経済史に名を残しながら、対照的な人生を送った二人の比較が終盤の読みどころとなっている。

バブル全盛期にわが世の春を謳歌《おうか》した不動産ブローカーがバブル崩壊と共に消え、金融緩和で生まれ短期間で莫大な利益をあげた投資会社がリーマンショック後にはおとなしくなったことを考えれば、自分が儲《もう》けるのは〝善〟だが、自分だけが儲けるのは〝悪〟とした栄一の商道徳は、普遍性を持っているといえる。

それだけに栄一が唱えた「論語とソロバン」は、バブル崩壊やリーマンショックなどの経済危機になると、顧客に損をさせようと、他社を出し抜こうと、利益をあげれば正しいという風潮への反省も含め注目を集めるが、喉元過ぎれば忘れられがちなのは否めない。経済の低成長が続く現代の日本では、食品の産地や消費期限をごまかして利益をあげたり、外国人を実習生の名目で低賃金で働かせ人件費を圧縮したりと、栄一の理念を忘れた経営者も少なくない。バブル景気で浮かれる日本人に警鐘を鳴らすかのように、単行本として一九九一年に刊行された本書が、弥太郎的な経営をする企業が後を絶たない二〇一九年に再文庫化された意義は大きいのだ。

（すえくに・よしみ　文芸評論家）

本書は、一九九八年五月、学陽文庫として刊行されました。
単行本　一九九一年十二月、経済界

集英社文庫　目録（日本文学）

堂場瞬一　複合捜査
堂場瞬一　解
堂場瞬一　共犯捜査
堂場瞬一　警察《サツ》回りの夏
堂場瞬一　オトコの一理
堂場瞬一　時限捜査
堂場瞬一　グレイ
堂場瞬一　蛮政の秋
堂場瞬一　凍結捜査
堂場瞬一　社長室の冬
堂場瞬一　共謀捜査
童門冬二　全一冊 小説 上杉鷹山
童門冬二　明日は維新だ
童門冬二　全一冊 小説 直江兼続《なおえかねつぐ》 北の王国
童門冬二　全一冊 小説 蒲生氏郷《がもううじさと》
童門冬二　全一冊 小説 新撰組

童門冬二　全一冊 小説 伊藤博文 幕末青春児
童門冬二　異聞 おくのほそ道
童門冬二　全一冊 小説 立花宗茂
童門冬二　全一冊 小説 吉田松陰
童門冬二　上杉鷹山の師 細井平洲
童門冬二　巨勢入道河童 平清盛
童門冬二　小説 田中久重 明治維新を動かした天才技術者
童門冬二　大岡忠相 江戸の改革力 吉宗とその時代
童門冬二　渋沢栄一 人間の礎
戸賀敬城　結果を出す男はなぜ「服」にこだわるのか？
十倉和美　犬とあなたの物語 犬の名前
豊島ミホ　夜の朝顔
豊島ミホ　東京・地震・たんぽぽ
戸田奈津子　スターと私の映会話！
戸田奈津子　字幕の花園
冨森駿　宅飲み探偵のかごんま交友録

友井羊　スイーツレシピで謎解きを 推理が言えない少女と保健室の眠り姫
伴野朗　三国志 孔明死せず
伴野朗　三国志 ・長江燃ゆ一 孫堅の巻
伴野朗　三国志 ・長江燃ゆ二 孫策の巻
伴野朗　三国志 ・長江燃ゆ三 孫権の巻
伴野朗　三国志 ・長江燃ゆ四 赤壁の巻
伴野朗　三国志 ・長江燃ゆ五 荊州の巻
伴野朗　三国志 ・長江燃ゆ六 巨星の巻
伴野朗　三国志 ・長江燃ゆ七 夷陵の巻
伴野朗　三国志 ・長江燃ゆ八 北伐の巻
伴野朗　三国志 ・長江燃ゆ九 秋風の巻
伴野朗　三国志 ・長江燃ゆ十 興亡の巻
鳥海高太朗　天草エアラインの奇跡。
永井するみ　ランチタイム・ブルー
永井するみ　欲しい
永井するみ　グラニテ

集英社文庫　目録（日本文学）

永井するみ　義弟
長尾徳子　僕達急行　A列車で行こう
長尾徳子
桑原裕子・原作　ひとよ
長岡弘樹　血縁
中上健次　軽蔑
中上紀　彼女のプレンカ
中川右介　江戸川乱歩と横溝正史
中澤日菜子　アイランド・ホッパー　2泊3日旅ごはん島じかん
長沢樹　上石神井さよならレボリューション
中島敦　山月記・李陵
中島京子　ココ・マッカリーナの机
中島京子　さようなら、コタツ
中島京子　ツアー1989
中島京子　桐畑家の縁談
中島京子　平成大家族
中島京子　東京観光

中島京子　かたづの！
中島たい子　漢方小説
中島たい子　そろそろくる
中島たい子　この人と結婚するかも
中島たい子　ハッピー・チョイス
中島美代子　らも　中島らもとの三十五年
中島らも　恋は底ぢから
中島らも　獏の食べのこし
中島らも　お父さんのバックドロップ
中島らも　こらっ
中島らも　西《さい》方《ほう》冗《じょう》土《ど》
中島らも　ぷるぷる・ぴいぷる
中島らも　愛をひっかけるための釘
中島らも　人体模型の夜
中島らも　ガダラの豚Ⅰ～Ⅲ
中島らも　僕に踏まれた町と僕が踏まれた町

中島らも　ビジネス・ナンセンス事典
中島らも　アマニタ・パンセリナ
中島らも　水に似た感情
中島らも　中島らもの特選明るい悩み　相談室　その1
中島らも　中島らもの特選明るい悩み　相談室　その2
中島らも　中島らもの特選明るい悩み　相談室　その3
中島らも　砂をつかんで立ち上がれ
中島らも　こどもの一生
中島らも　頭の中がカユいんだ
中島らも　酒気帯び車椅子
中島らも　君はフィクション
中島らも　変!!
中島らも
小堀純　せんべろ探偵が行く
長嶋有　ジャージの二人
中園ミホ
古林実夏　ゴースト　もういちど抱きしめたい
中谷巌　痛快！経済学

集英社文庫　目録（日本文学）

中谷巌　資本主義はなぜ自壊したのか　「日本」再生への提言
中谷航太郎　くろご
中谷航太郎　陽炎
中野京子　芸術家たちの秘めた恋　—メンデルスゾーン、アンデルセンとその時代
中野京子　残酷な王と悲しみの王妃
中野京子　はじめてのルーヴル
中野京子　残酷な王と悲しみの王妃2
長野まゆみ　上海少年
長野まゆみ　鳩《はと》の栖《すみか》
長野まゆみ　若葉のころ
中原中也　汚れつちまつた悲しみに……　—中原中也詩集
中場利一　シックスポケッツ・チルドレン
中場利一　岸和田少年愚連隊
中場利一　岸和田少年愚連隊　血煙り純情篇
中場利一　岸和田少年愚連隊　望郷篇
中場利一　岸和田のカオルちゃん
中場利一　岸和田少年愚連隊　外伝
中場利一　岸和田少年愚連隊　完結篇
中場利一　その後の岸和田少年愚連隊　純情ぴかれすく
中部銀次郎　もっと深く、もっと楽しく。
中村安希　インパラの朝　ユーラシア・アフリカ大陸684日
中村安希　食べる。
中村安希　愛と憎しみの豚
中村うさぎ　美人とは何か？　美意識過剰スパイラル
中村うさぎ　「イタい女」の作られ方　自意識過剰の姥皮地獄
中村勘九郎　勘九郎とはずがたり
中村勘九郎　勘九郎ひとりがたり
中村勘九郎他　中村屋三代記
中村勘九郎　勘九郎日記「か」の字
中村計　佐賀北の夏
中村計　勝ち過ぎた監督　駒大苫小牧　幻の三連覇
中村航　夏休み
中村航　さよなら、手をつなごう
中村修二　怒りのブレイクスルー
中村文則　何もかも憂鬱な夜に
中村文則　教団X
中山可穂　猫背の王子
中山可穂　天使の骨
中山可穂　サグラダ・ファミリア［聖家族］
中山可穂　深爪
中山七里　アポロンの嘲笑
中山美穂　なぜならやさしいまちがあったから
中山康樹　ジャズメンとの約束
ナツイチ製作委員会編　あの日、君とBoys
ナツイチ製作委員会編　あの日、君とGirls
ナツイチ製作委員会編　いつか、君へBoys
ナツイチ製作委員会編　いつか、君へGirls
夏樹静子　蒼ざめた告発

集英社文庫　目録（日本文学）

夏樹静子　第三の女
夏目漱石　坊っちゃん
夏目漱石　三四郎
夏目漱石　こころ
夏目漱石　夢十夜・草枕
夏目漱石　吾輩は猫である(上)(下)
夏目漱石　それから
夏目漱石　門
夏目漱石　彼岸過迄
夏目漱石　行人
夏目漱石　道草
夏目漱石　明暗
奈波はるか　竹田城最後の城主　赤松広英　天空の城
鳴海章　幕末牢人譚　秘剣念仏斬り
鳴海章　求めて候　幕末牢人譚　弐
鳴海章　凶刃　累《かさね》之《の》太刀《たち》　幕末牢人譚　参

鳴海章　密命売薬商
鳴海章　ゼロと呼ばれた男
鳴海章　ネオ・ゼロ
鳴海章　スーパー・ゼロ
鳴海章　ファイナル・ゼロ
西木正明　わが心、南溟に消ゆ
西木正明　夢顔さんによろしく(上)(下)　最後の貴公子・近衛文隆の生涯
西澤保彦　リドル・ロマンス　迷宮浪漫
西澤保彦　パズラー　謎と論理のエンタテインメント
西村京太郎　東京―旭川殺人ルート
西村京太郎　河津・天城連続殺人事件
西村京太郎　十津川警部「ダブル誘拐」
西村京太郎　上海特急殺人事件
西村京太郎　十津川警部　特急「雷鳥」蘇る殺意
西村京太郎　十津川警部「スーパー隠岐《おき》」殺人特急
西村京太郎　十津川警部　幻想の天橋立

西村京太郎　殺人列車への招待　十津川警部　四国お遍路殺人ゲーム
西村京太郎　祝日に殺人《ころし》の列車が走る
西村京太郎　十津川警部　修善寺わが愛と死
西村京太郎　夜の探偵
西村京太郎　十津川警部　愛と祈りのJR身延線
西村京太郎　幻想と死の信越本線
西村京太郎　十津川警部　飯田線・愛と死の旋律《メロディ》
西村京太郎　明日香・幻想の殺人
西村京太郎　十津川警部　秩父SL・三月二十七日の証言《アリバイ》
西村京太郎　九州新幹線「つばめ」誘拐事件
西村京太郎　十津川警部　小浜線に椿咲く頃、貴女は死んだ
西村京太郎　門司・下関　逃亡海峡
西村京太郎　十津川警部　三陸鉄道　北の愛傷歌
西村京太郎　鎌倉江ノ電殺人事件
西村京太郎　十津川警部　特急「しまかぜ」で行く十五歳の伊勢神宮

集英社文庫　目録（日本文学）

西村京太郎　外房線 60秒の罠

西村京太郎　十津川警部 北陸新幹線「かがやき」の客たち

西村京太郎　伊勢路《ルート》殺人事件

西村京太郎　十津川警部 雪とタンチョウと釧網本線

西村京太郎　けものたちの祝宴

西村京太郎　十津川警部 九州観光列車の罠

西村京太郎　東京上空500メートルの罠

西村京太郎　十津川警部 坂本龍馬と十津川郷士中井庄五郎

西村　健　仁俠スタッフサービス

西村　健　マネー・ロワイヤル

西村　健　ギャップGAP

日経ヴェリタス編集部　定年ですよ 退職前に読んでおきたいマネー教本

日本推理作家協会編　夢《ゆめ》現《うつつ》 日本推理作家協会70周年アンソロジー

日本文藝家協会編　時代小説 ザ・ベスト2016

日本文藝家協会編　時代小説 ザ・ベスト2017

日本文藝家協会編　時代小説 ザ・ベスト2018

日本文藝家協会編　時代小説 ザ・ベスト2019

日本文藝家協会編　時代小説 ザ・ベスト2020

楡　周平　砂の王宮

ねじめ正一　商人《あきんど》

野口　健　落ちこぼれてエベレスト

野口　健　100万回のコンチクショー

野口　健　確かに生きる 落ちこぼれたら這い上がればいい

野口　卓　なんてやつだ よろず相談屋繁盛記

野口　卓　まさかまさか よろず相談屋繁盛記

野口　卓　そりゃないよ よろず相談屋繁盛記

野口　卓　やってみなきゃ よろず相談屋繁盛記

野口　卓　あっけらかん よろず相談屋繁盛記

野口　卓　なんて嫁だ めおと相談屋奮闘記

野口　卓　次から次へと めおと相談屋奮闘記

野口　卓　友の友は友だ めおと相談屋奮闘記

野﨑まど　HELLO WORLD

野沢　尚　反乱のボヤージュ

野中ともそ　パンの鳴る海、緋の舞う空

野中　柊　小春日和

野中　柊　このベッドのうえ

野茂英雄　僕のトルネード戦記

萩本欽一　なんでそーなるの！ 萩本欽一自伝

萩原朔太郎　青猫 萩原朔太郎詩集

橋本　治　蝶のゆくえ

橋本　治　夜

橋本　治　幸いは降る星のごとく

橋本　治　バカになったか、日本人

橋本　治　結婚

橋本　紡　九つの、物語

橋本　紡　葉桜

橋本長道　サラの柔らかな香車

橋本長道　サラは銀の涙を探しに

集英社文庫

渋沢栄一《しぶさわえいいち》 人間《にんげん》の礎《いしずえ》

2019年10月25日 第1刷
2021年2月14日 第6刷

定価はカバーに表示してあります。

著 者 童門冬二《どうもんふゆじ》

発行者 徳永 真

発行所 株式会社 集英社
東京都千代田区一ツ橋2-5-10 〒101-8050
電話 【編集部】03-3230-6095
【読者係】03-3230-6080
【販売部】03-3230-6393(書店専用)

印 刷 大日本印刷株式会社

製 本 大日本印刷株式会社

フォーマットデザイン アリヤマデザインストア　　マークデザイン 居山浩二

ISBN978-4-08-744038-6 C0193